JUAN JOSÉ MILLÁS

Cerbero son las sombras

punto de lectura

Título: Cerbero son las sombras
© 1975, Juan José Millás
© Santillana Ediciones Generales, S.L.
© De esta edición: junio 2005, Punto de Lectura, S.L.
Juan Bravo, 38. 28006 Madrid (España) www.puntodelectura.com

ISBN: 84-663-1730-9
Depósito legal: B-26.555-2005
Impreso en España – Printed in Spain

Diseño de cubierta: Sdl_b
Fotografía de cubierta: © Henry Wolf / Getty
Diseño de colección: Punto de Lectura

Impreso por Litografía Rosés, S.A.

013 / 10

JUAN JOSÉ MILLÁS

Cerbero son las sombras

A Margarita

Querido padre: Es posible que en el fondo tu problema, como el mío, no haya sido más que un problema de soledad. Y, sobre todo, de no haber encontrado el punto medio entre la soledad y los otros. Hasta ahora cada cual ha venido ocultándolo a su manera, aunque las circunstancias no nos hayan facilitado mucho esta labor.

Ahora, que tal vez penséis que he alcanzado un poco de tranquilidad, me acuerdo de ti, porque la adolescencia ha venido a hacerme el chantaje de todos los veranos y, según puedes ver, estamos en invierno, cosa que me ha desquiciado un poco, pues me hace sospechar que desde ahora el chantaje será continuo; por lo menos hasta que mi vejez iguale a la tuya. Entretanto recurro, como un preso, a hacer pequeños trabajos que mantengan ocupados mis dedos. Y de este modo les construyo amorosas jaulas con complicadísimos alambres y maderas que antes eran cajas para contener puros. Tengo pocas herramientas, pero es bastante para escapar a la tarde. Con una paciencia que jamás escuché en mí doblo cuidadosamente los alambres y los introduzco después por los pequeños orificios de las tablitas, que antes eran cajas para puros. Cuando me pongo sobre la cama, atravesándola diagonalmente, siento un gran placer en mis riñones, que ya no están para que los tenga todo el día doblados construyéndoles jaulas. Pero me levanto en seguida y con frecuencia por ver si alguna ha comenzado a parir. Quiero ver a sus hijos, lampiños y ciegos, que también son mamíferos como yo. A última hora, mientras se sedimentan las cenizas de la tarde, muerden los barrotes con desesperación para escapar o para afilarse los dientes. Entonces hago lo posible por tener pensamientos ajenos hasta que consigo arrancarme una sonrisa.

Pero estas sonrisas no duran demasiado, porque es difícil anclar el recuerdo, y me vienen a la memoria rostros que no intento evocar. A veces, eres tú; a veces, Jacinto. A veces, mamá.

Y cuando mi recuerdo gira en torno a ti, la memoria me traslada a aquel tren en el que viajamos juntos. Sé que pensé en el mar que abandonábamos, y que me pregunté con qué palabras recordaría todo aquello cuando pasaran unos años. Jacinto había conseguido ponerse junto a la ventanilla, y con el paisaje evitaba los difíciles encuentros que se producían entre el resto de la familia. Mamá se levantaba con demasiada frecuencia para ir al servicio. No estaba descompuesta, como decía, sino que se iba a llorar a solas su desgracia. La desgracia de mamá era la nuestra, pero yo estoy seguro de que ella la pensaría como suya. Mi hermana no cumplió en aquel viaje ninguna función en especial. No sé de qué color iba vestida, pero me la imagino de rosa y negro, enturbiado el aire con sus miradas de animal resignado. Yo me preguntaba con frecuencia qué iba a ser de nosotros, como si no estuviese siendo todavía, como para aliviarme en la posibilidad de un futuro mejor. Y admiraba tu fortaleza para soportar aquella huida incómoda y ciega, llevando sobre el pecho o sobre la razón la angustia de cuatro vidas para las que tú, sin duda, habías planeado un azar con más posibilidades de triunfo sobre el miedo. Llevabas la camisa sucia, y eso armonizaba muy bien con aquellos bancos de madera, que al cabo del tiempo aún me duelen en las costillas. Te asustaste cuando el policía de paisano que acompañaba al revisor te pidió la documentación familiar con educación y alevosía. Todo estaba en regla, y tal vez comprendiste, mientras perdías la mirada en el perfil de Jacinto, que el miedo viviría contigo el resto de tus días; luego, cuando la concentraste en su expresión, supiste que habías comenzado a transmitirlo. Diez horas tardó aquel correo en llegar a Madrid, y sólo me levanté una vez; tú, ninguna.

Aquella noche, en una pensión céntrica y barata, te vi orinar por primera vez. Lo hiciste en el lavabo de la habitación, mientras nos sonreías a Jacinto y a mí. «Todo el mundo, dijiste, hace esto en las pensiones.» Luego nos explicaste que ya habías alquilado una casa (al decir casa se te quebró la voz), pero los muebles no llegarían hasta el día siguiente. Mamá y la pequeña Rosa habían ido a pasar la noche a casa de unos familiares.

Otras veces me descuido y soy atrapado momentáneamente por el ambiente exterior, aun si me coloco en diagonal sobre la cama. Esta situación dura mientras dura el silencio. Por eso me veo obligado a introducir finísimos alambres por entre los barrotes de las jaulas, para herirlos levemente. Y entonces, adelantándome unos momentos al instante, los estoy viendo ya lamerse las pequeñísimas úlceras que les he producido. Ellos, entretanto, se han puesto a lanzar gritos agudos y afilados, que me liberan del ambiente exterior. Un escalofrío recorre la parte central de mi cuerpo cuando alguna de las hembras, que se mueven ya con mucha dificultad, presenta cara al alambre enseñando los dientes, y qué asco.

Por fin el tiempo real alcanza inevitablemente al tiempo imaginario, y ahí están las hembras y los machos lamiéndose las úlceras (en el suelo de los recintos han quedado algunas gotitas de sangre), mientras que yo pienso en mí mismo sin moverme —para no alborotar el aire de la tarde— y entono hacia adentro un extraño cántico que a nada conduce, ya que no me evita darme cuenta de la falta de sentido real e imaginario que tiene el establecer tales divisiones, debido a que más me duele a mí y me envejece y me hace llegar antes el tiempo imaginario. Y me trastoca.

Caminábamos evitando instintivamente el centro del oscuro pasillo, atentos a la amenaza del suelo roto y de las vigas con carcoma a flor de cal. Recordé que el día anterior se te había quebrado la voz. Las habitaciones de la casa, demasiado grandes, estaban colocadas al azar a un lado y otro del pasillo en un desorden increíble de espacios desiguales. Todo era oscuro. Tu voz, que contestaba a Jacinto «estas construcciones antiguas son muy sólidas», llegó a mis oídos sin que yo hubiese puesto ninguna voluntad en ello, y por el momento sólo pude grabar en mi memoria el tono. Haríamos algunos arreglos —mentira— y compraríamos tal vez algunos muebles que cambiasen poco a poco el aspecto de la casa, hasta el punto, quizá, de quitarnos el miedo al centro del pasillo. Y si nos convencíamos por fin de que la calidad de una huida no guarda ninguna relación con la distancia al punto de fuga, recuperaríamos posiblemente algo de la tranquilidad que nos correspondía; si bien es cierto que la tranquilidad acaba por llegar de todas formas, coincidiendo o no con nuestros deseos.

Al principio sería difícil soportar nuestras miradas oblicuas, los inevitables encuentros de las manos dirigiéndose fatalmente al mismo trozo de pan durante las comidas, las rarezas de Jacinto, en el que habían comenzado a manifestarse los primeros signos de la enfermedad, tus ineficaces consuelos al inoportuno llanto de mamá y la sombra de la pequeña Rosa, que tomaría nota de aquellas situaciones desde el rincón más oscuro de la casa. Me pregunté quién sería el primero en atreverse a hablar de los problemas inmediatos, cuando en dos o tres semanas comenzase a escasear el dinero, cuando irse a dormir se convirtiese en la esperanza de amanecer destrozado entre los escombros de la casa y no hubiese más remedio que salir a la calle, o sentarse a esperar una catástrofe, que posiblemente no llegaría a tiempo. Luego tú te fuiste en busca de mamá y de la pequeña Rosa, mientras Jacinto buscaba inútilmente un objeto sobre el que detener la mirada para que no tropezase con la mía. Cuando vi que no encontraría nada que justificase su actitud silenciosa, decidí hacerle el favor de retirarme al cuarto de baño, y allí comenzó a jugar conmigo la memoria obligándome a recordarte con más ternura de la que un padre merece. Te veía unos años atrás menos cansado, pero no más joven, conduciéndome al sitio donde nació tu padre, y donde deberíamos haber nacido todos; el sitio en el que también mis hermanos o yo podríamos haber tenido hijos que heredasen nuestra historia. Pues ahora ya es seguro que moriremos sin descendencia, y que todos los miles de muertos que nos han precedido quedarán definitivamente enterrados, definitivamente muertos, sin un mal olvido con el que alimentar el recuerdo. Entonces supe que para nosotros el futuro no sería jamás un cielo abierto, ni siquiera un mar de calamidades, sino más bien el único lugar posible desde el que la memoria pudiera trabajar, como en un pozo sin fondo, intentando sacar algún sentido del azar anterior. Me habías llevado de la mano hasta una pequeña altura, en las afueras, y allí, junto a aquel castillo que venía pudriéndose desde que lo abandonaran los moros, me enseñaste con orgullo los cinco árboles que habías plantado por deseo de tu padre cuando tenías cinco años. Ahora crecían ya sobre sus firmes cimientos en la seguridad de que no morirían ni un centímetro más lejos de su cuna. Pero era inútil acariciar aquellos árboles, rodearlos una y otra vez con la mirada, o volver a contar la historia de tus cinco años, porque de aquel recuerdo materializado ante tus ojos sólo podías obtener un poco de madera, y aun eso con un esfuerzo considerable. Si lo que pretendías era alcanzar alguna conclusión moral o algún dato que te abriera camino hasta la muerte, no debías mirar aquellos árboles ni aquel pueblo, ni siquiera las fotos de tu padre. Debería bastarte con entornar los ojos lentamente y sentirte por dentro observando traicioneramente a tu corazón, que ya no tenía cinco años, y remover entonces el tiempo transcurrido. Si después de esto no te quedaba nada entre las manos, es que lo que buscabas no existía, querido padre, y entonces tú y tus hijos y los posibles hijos de tus hijos seríais solamente el despojo de algo que nadie ha conocido, porque de otra manera nos lo habrías recordado, ya que la memoria no es tan frágil, como las patas de un pájaro, sino optimista y tenaz hasta la muerte, y aún después de la tierra, cuando quedan arriba algunas conciencias ver ticales condenadas a quererte más allá de las oraciones.

Al cabo tú volviste con mamá y con la pequeña Rosa, liberándome por el momento del cuarto de baño, para hacerme caer por otra parte en una de las aburridas lamentaciones de mamá. Se quejaba ahora del trato que había recibido de sus familiares, y enumeraba sin tregua las cosas que hubo de soportar a cambio de una cena ruin y una cama fría. Yo adiviné por sus palabras que nunca más tendríamos familia, que habían comenzado ya a echar tierra y olvido sobre nuestros nombres. Y esto al menos me sirvió para comprender que los frágiles lazos que unen a las personas nada tienen que ver con la sangre, sino que afirman sus dominios sobre el dolor compartido y la mentira necesaria, creando entonces corrientes subterráneas de un cariño tan triste e inútil, como difícil de reprimir en las situaciones adversas. Conseguimos por fin hacerla callar, cuando fijamos su atención en la novedad de la casa, y en la necesidad de limpiarla antes de que llegaran los muebles. Tú nos habías dicho que venían por carretera, y que estarían allí antes del mediodía.

Y llegaron los muebles, escasos y desvencijados, como sus propios dueños, pero amigos al menos, reconocibles al tacto, a la vista y al recuerdo. Luego pasaron unas horas que la memoria no supo contabilizar, porque mi cuerpo se preparaba ya para el insomnio al lado de Jacinto. Algo más tarde los silencios prolongados del exterior comenzaron a traer la noche, que fue al principio una sospecha de tranquilidad junto a los muebles familiares, pero que con la crecida del silencio acabó por convertirse en promesa de miedo. Todo ruido capaz de trasladarse, y en especial aquellos más organizados, que se movían según un itinerario previsto en nuestra mente, nos impedían la respiración, hasta que se desviaban por fin acompasando el ritmo de nuestros corazones.

En las noches siguientes, Jacinto y yo compartimos la habitación y la cama (Rosa dormía en una salita contigua a vuestra habitación, y separada de ésta por unas cortinas floreadas, que no llegaban al suelo). Por fortuna él se las arreglaba para retirarse siempre el primero, de forma que, cuando yo llegaba a nuestro cuarto, no tenía que preocuparme de las miradas ni de la conversación, porque él actuaba como si ya se hubiera dormido. Nuestro cuarto tenía un techo muy alto, un armario con espejo frente a la sonora cama de hierro, y grandes baldosas de dibujos descoloridos por las que no se podía andar descalzo por el frío. Había también una ventana de madera sucia, que casi siempre estaba cerrada por precaución, y una raquítica bombilla que, al estar en el centro, atenuaba las sombras en todas las direcciones. Luego también pusimos bajo la ventana una mesa de cocina y un par de taburetes defectuosos, que tenían un agujero en el centro del asiento; pienso yo que para meter la mano y trasladarlos así de un sitio a otro, aunque no estoy seguro de esto último, porque yo nunca los utilicé de esa forma. Solíamos dormir espalda contra espalda para evitar complicaciones; y aunque al principio creo que nos resultaba vergonzoso que nuestros cuerpos se encontraran en el centro de la cama, la costumbre acabó por devolvernos a la soledad, y a las dos semanas actuábamos cada uno en nuestro lado como si el cuarto y la cama fuesen de uno solo. Cada uno tenía sus propias sombras y sus propios rincones para mirar mientras se hacía el dormido. Respetando esto, respetábamos también nuestra intimidad, e impedíamos cualquier intento de entablar comunicación. Pero una noche, cuando apagué la luz y me entregué al insomnio, Jacinto se dio la vuelta y por primera vez en mucho tiempo me habló directamente. Dijo: «Mira, yo no sé lo que piensas tú de todo esto, pero voy a escaparme por mi cuenta. Y te lo digo porque si quieres puedes venir conmigo. Si seguimos así, moriremos los cinco en la huida, y nadie sabe de qué manera estúpida. Mamá es fuerte y sólo necesita descargarse un poco para sacar a papá y a Rosa adelante. Papá está acabado. Rosa es demasiado pequeña, y a nosotros dos, que deberíamos haber cogido la dirección de la familia, nos ha paralizado la pereza o el miedo. Piénsalo y decide lo que quieras. Esperaré hasta mañana, y si después de la comida no me has dado ninguna respuesta, huiré yo solo esa misma tarde». Bien sé que las palabras de Jacinto eran justas, y que estaban cargadas de verdad; pero su tono razonable me desconcertó hasta el punto de anular mi respuesta. Cuando a los pocos minutos comenzó a hacerse el dormido, aún estaba yo con los ojos abiertos, y sentía en la espalda su respiración, porque, inexplicablemente, no había regresado a su postura habitual. Lamentaba sobre todo el no haber podido ver su rostro, ni la expresión de sus ojos, ni siquiera la forma en que torciera los labios para hablar. Y a causa de ello nunca supe si su rostro también era razonable en el momento de hacerme tal proposición. Toda la noche y toda la mañana siguiente estuvo martirizándome este asunto, aunque desde el primer momento supe que yo no participaría en la deserción. El problema consistía en responderme si era honesto permitírsela a él en su estado y, sobre todo —para mi vergüenza—, buscar las causas que me impedían acompañarle, aun sabiendo que era lo mejor para todos. Pero pensaba en ti; te veía encogido y triste, según te mostrabas durante las comidas, y sentía en el rostro oleadas de llanto y de cariño difíciles de reprimir. Nunca podría abandonarte, aunque mi compañía fuese un estorbo para ti. Y reconozco que en esta actitud se escondía una gran falta de respeto. Pero si te dejara, tus temores ya no cubrirían los míos, y ni los campos ni las cuevas serían capaces de ocultarme; porque lejos de ti, y más aún con las miradas de Jacinto abrasándome el futuro, yo no sería nadie ante mi miedo, aunque me protegiesen las tormentas de los relatos infantiles, o salieran a mi encuentro bosques sonoros de peligros razonables con el cobijo fácil, con el fuego ahuyentando los lobos y con el alimento al alcance del sudor de la frente.

Jacinto, entonces, desertaría sin mí, y yo intentaría imaginarme el lugar en el que le atraparía la primera noche; y eso si llegaba a la primera noche, porque lo más seguro es que sus aventuras, y su final en muerte, no tuviesen nada que ver con los bosques antes mencionados. Su fuga no sería ciertamente un ejemplo de fuga razonable, sino más bien una carrera demencial sin punto de destino, en la que lo más importante no era llegar pronto, sino llegar muerto. Al día siguiente, preso de ese cariño subterráneo que al final de nada nos ha servido, intenté durante toda la mañana acercarme a él con la débil intención de persuadirle. Pero no fui capaz de dulcificar su rostro, ni de arrancarle una palabra que me sirviera de consuelo. Se adivinaba ya en sus rasgos los signos de una de esas decisiones irrevocables que todo hombre toma una vez por vida, y que al final no sirven sino para perder el patrimonio físico, y ser devorados por el otro que en tales circunstancias cobra dimensiones insoportables.

Terminó de comer antes que nosotros, y sin esperar al postre salió de la habitación con una excusa torpe y de doble sentido. Luego fueron sus pasos a través del pasillo, y el sonido del pesado cerrojo de la puerta, y el golpe a todos los años de haber vivido juntos. Después fue mi dolor y el naufragar buscando las palabras precisas para al final decir únicamente «Jacinto se ha marchado». Mamá salió a buscarle, y regresó de noche con el corazón vacío. Tuvieron que pasar muchas horas antes de que volviera a mirarme sin dureza, pero al fin dio en la fatalidad de quererme de nuevo, y lo hizo poniendo en ello una gran voluntad, como si ella fuese la dueña de su amor o de su desprecio. Tú, sin embargo, ni siquiera cambiaste de sitio la mirada ante la mala nueva. Sólo en dos o tres ocasiones se te contrajeron los músculos del rostro, dando la sensación de que tu cuerpo iba a iniciar un movimiento. Pero tu voluntad (qué palabra ambigua, padre) actuaba como un resorte que ya no mueve nada, ni a sí misma. Mamá te dijo antes de salir enloquecida en busca de Jacinto, y a causa de tu pasiva actitud, que habías servido para todo menos para la vida. Y yo pensé qué traicioneras son las frases de esta calaña. No te miré. Tampoco hice caso de la pequeña Rosa, que se había puesto junto a mí. Se me pasó la tarde contemplando tus manos sobre la mesa, buscando un reflejo imposible de mis ojos en tus uñas mordidas, aguantando a silencio firme el desamparo que nos producía la ausencia de mamá, que no encontró a Jacinto, y regresó de noche con el corazón vacío, como te he dicho antes, y me miró con dureza en las siguientes horas. Si supieras la intensidad con que recuerdo a veces aquel improvisado comedor, en el que durante tantas horas temimos que alguien se volviera loco, o que el miedo nos cerrase las puertas del pasillo; si supieras que el dolor de esos recuerdos es con frecuencia paralítico y me impide hasta cambiar de lado; si supieras cómo los muebles oscurecen su madera y se agrandan tornándose angulosos en la memoria de tu hijo y entra, por ejemplo, mamá en el comedor, y viene de comprar nuestras escasas provisiones haciendo milagros con su cuerpo para que la escalera no suene demasiado al crujir bajo su cuerpo tembloroso, de forma que los vecinos ignoren en lo posible que una familia nueva se ha instalado en el segundo; si tú supieras que este agujero que ahora me contiene se ha quedado pequeño de tanto desandar, olvido tras olvido, con la esperanza aún de que aparezca el dato o la desgracia, o el momento feliz que justifique otro intento de escapada; si tú supieras que esta soledad de veinticuatro horas al día me hace ver alucinaciones; por ejemplo, cuando pienso en mi amor y lo imagino como un bello desnudo de mujer de bello gesto en la boca y en los ojos, y en el modo de retirarse el pelo de la cara cuando dice mi nombre, cuando resbala sus dulces pechos rematados con dos pezones de dolor sobre el vientre sombrío de mi vida, y me sonríe y mira con la profundidad del mar de sus dos ojos empañados de amor, y luego vuelve y besa hasta el rincón más solo de mi cuerpo, y milagrosamente ha encontrado el resorte, y yo me muevo levantándome sobre ella, y con todas las fuerzas de mi voluntad recorro su piel y sus cabellos sin que nadie me empuje desde el exterior, como si fuera libre de estar en sus rodillas, de acariciar su espalda, de volver la mirada hacia sus ojos y de hundirme otra vez entre sus piernas libándole la vida,

mientras la mía escapa por las ingles en dirección a nadie; y ella sonríe ahora, y no me mira
ya, pero dice mi nombre irrepetible en otra boca, desde otros ojos, y soy libre otra vez de comenzar ahora por su espalda solitaria con la promesa entera de su cuerpo desnudo sentado para
mí sobre mi cuerpo, que acaba de aprender en
qué consiste ser libre ante otro cuerpo; si supieras, en fin, querido padre, que lo que nunca he
sido se me rindió una noche a la evidencia de los
años, y quise convertirme en el anciano que fuiste junto a mí, para evitar la voz de mi conciencia,
que ya no me perdona nada; si supieras, tal vez
intentarías desnacerte una vez por cada minuto
de tu vida y de la vida de los tuyos, como si de esa
forma pudieras impedir el incesante avance de la
carroña reina, contra la que tú luchaste, como un
ciego que da palos al aire, mientras el niño cruel
se ríe agazapado entre las sombras.

Creo —y eso no dice mucho en nuestro favor— que ni siquiera nos llegamos a plantear los
problemas de orden práctico que podía producir
la ausencia de Jacinto. Comenzamos, como si eso
fuese lo más importante, a no decir su nombre,
con el objeto de enterrarle sin responso, hasta
que nuestra historia llegase al punto en el que ya
nos fuese permitida la nostalgia y la evocación
inútil, o incluso la sonrisa, si el recuerdo del dolor

nos permitiera tanto. La primera y la segunda noche, en las que yo creí ser el dueño absoluto de la cama y del cuarto (dos cosas, padre, que no se deben compartir con nadie), intenté dormir del otro lado, pero la costumbre o el miedo, más fuertes que la voluntad, me arrastraban de nuevo a la postura antigua. Y esta lucha entre mi costumbre y mi voluntad se acentuaba durante los breves intervalos de sueño, obligándome a despertar continuamente con los huesos doloridos y la cara borrosa. Encendía la luz, y lamentaba no fumar para aliviar estos momentos, mientras (adivinando el frío) recorría la mirada por el suelo, y la detenía, helada ya, más tarde, en las paredes manchadas con la humedad de los inviernos pasados bajo la escasa protección de gentes, a las que el azar o la destrucción habían conducido hasta allí, y que no conocían el objeto de pintar una casa, sino que más bien se empeñaban en arañar sus paredes, o en llenarlas de sumas y multiplicaciones (esos números que pierden su sentido según se desarrollan), como la celda de una cárcel, poniendo en este afán de destrucción el secreto placer de lo para siempre perdido, de lo que jamás recordará nuestra memoria como nostalgia de un olvido. Por otra parte, mamá debió de ver en mi cansancio un blanco perfecto para vaciar sus instintos maternales, y sólo conseguía evitarla con seguridad encerrándome en el cuarto de baño. La pequeña Rosa vagaba, como una sombra sin realidad, a lo largo del oscuro pasillo, y se asomaba a todas las habitaciones sin decidirse por ninguna. Tú aparentabas una tranquilidad dudosa, e intentabas hacer de tu rostro la contraimagen de tu espíritu. Y para mí, a pesar de las persecuciones sentimentales de mamá, hubo algunos momentos inmóviles de gran felicidad, que eran aprovechados por mis ya escasas defensas naturales para no hacer absolutamente nada. Cuando el diablo me hacía sudar, o producir más jugos que los necesarios en el interior de mi cuerpo, a causa de algún pensamiento relacionado con Jacinto, o con el transcurrir de los días, me bastaba ir a la cocina —sin hacer ruido, para no ser atrapado por mamá— y beber lentamente dos vasos de agua. A la vuelta, todo había recuperado su orden anterior y yo podía acostarme de nuevo sobre la cama para mirar el techo, que iba cambiando poco a poco de color al paso de las horas. Al oscurecer cerraba las contraventanas, y con la luz encendida volvía a ser feliz hasta la hora de la cena. Y aún entonces, si mamá no hablaba demasiado, me distraía interiormente gastándole alguna broma a mi mano derecha, al retirarle, por ejemplo, el agua con la izquierda en el momento justo en que iba a cogerla. En ocasiones Rosa adivinaba el juego, y sonreía con el lado izquierdo de su rostro sin mirarme a los ojos. Aquellos dos días (todavía me resisto a recordar el tercero) ocupan un espacio agradable en mi memoria a causa de su lentitud, de su falta de acontecimientos, y de su riqueza en detalles ínfimos, como el ya mencionado de los juegos entre mi mano izquierda y su contraria. Recuerdo que por primera vez en mucho tiempo me corté las uñas de los pies y lo hice sin ninguna prisa, como si hubiera nacido para realizar únicamente esa operación, que era interminable, porque siempre quedaba alguna esquina por retocar. Aprovechaba también los momentos de descanso de la pequeña Rosa para caminar a través del pasillo con las manos en la espalda en actitud orante o pensativa. Al principio volvía siempre la vista al paso de las habitaciones, pero con la costumbre y un pequeño esfuerzo de mi voluntad conseguí ignorarlas por completo. Entonces imaginaba los laterales del pasillo llenos de gente, que se empujaban para verme pasear con tanta naturalidad, y preguntaban a los guardias qué hacía yo, en qué pensaba o si esperaba a alguien. Y yo, con mi seriedad habitual, me enviaba sonrisas al pecho, porque ellos ignoraban que no esperaba a nadie y que no pensaba en nada, y que si me faltaran sus miradas o sus gestos, seguramente no saldría a caminar por el pasillo, sino que me quedaría en mi cuarto viendo cómo cambiaban las tonalidades del techo, o limpiándome los dientes con un alfiler, o ensayando ese sucedáneo hermoso del amor, que es colocar el rostro en un pequeño espejo, entonando interiormente antiguas canciones, que nos quiebren la voz y la mirada ante tan bello rostro.

Y ahora, ya inevitablemente (la tarde oscura me ha dejado indefenso) recuerdo que el tercer día después de la huida de Jacinto estaba yo junto a la ventana de mi cuarto amando mi rostro en un pequeño espejo, cuando me pareció oír una tos profunda, pero débil y contenida. Al principio no le di importancia, porque estas cosas suceden con frecuencia en la soledad de las alcobas, ya que el solitario tiende a convertir en ruido humano algo tan normal como un mueble que cruje a causa de un cambio de temperatura, o un desagüe que hace gárgaras. Pero a los cinco minutos se repitió la tos, más cercana esta vez, aunque no más evidente. Me puse en guardia, y aprovechando mi postura —frente a la ventana, dando la espalda al resto de la alcoba— comencé a utilizar como retrovisor el pequeño espejo. Recorrí con él toda la habitación sin observar nada anormal, y finalmente detuve la imagen en la cama para darle unos segundos de tregua a mi respiración entrecortada. Fue entonces cuando oí con toda claridad un ruido no clasificado, que me hizo girar el espejo hacia el borde de la cama, y en seguida un poco más abajo, hacia el rectángulo negro del miedo más vulgar: el espacio libre entre el somier y el suelo. Ya sabes lo que vi: una mano temblorosa y amoratada por el frío, que inmediatamente se retiró hacia la oscuridad. Pero quizá no sepas (y ahora ya poco importa) que aquella visión me dejó convaleciente para toda la vida. (Recuerdo esto con la frialdad que me permite la distancia, y creo que me engaño al pensar oscuramente que el análisis de tales sucesos pueda aclarar mi conflicto, porque si el conflicto existe, no se da entre dos potencias distintas de mi ser, sino entre mi ser y el resto de las cosas. Y a medida que el resto de las cosas se convierte en el culpable único de mi situación, el conflicto va perdiendo su carácter de problema íntimo; y entonces pierde importancia el averiguar a quién pertenece la mano amoratada por el frío, y surge, como reacción compensatoria, la evidencia de mi fracaso personal, que como única e inútil respuesta a los verdaderos culpables, se cuenta estos pequeños dramas familiares, o hace muecas extrañas en la oscuridad hasta que se acaba otra tarde.) Desde mi posición era preciso atravesar el cuarto y pasar entre la cama y el armario para alcanzar la puerta, de manera que durante unos segundos no supe si gritar o arriesgarme a ser apresado por los tobillos en la huida. Por fin mi cuerpo se puso en movimiento (mi razón aún permanecía paralizada por la duda), y sin perder de vista, en lo posible, el rectángulo negro, me dirigí despacio hacia la puerta. Y no me empujó a ello ninguna idea relacionada con la finalidad de tal acción, sino que la puerta se había convertido en un fin por sí misma. Y esta idea no pensada aún me acompañó, latente, hasta que mi mano utilizó apresuradamente el picaporte, y la puerta me ofreció su vacío significado de entrada o salida al pasillo, en el que, además, me acometió la confusa impresión de haber perdido una oportunidad excepcional para determinar mi destino al no haber hecho frente yo solo a aquella mano y su posible dueño. Pero el ligero movimiento instintivo de vuelta atrás originado por este pensamiento fue reprimido de inmediato por una sombría madurez que mis sentidos acababan de adquirir, y que me enseñaba que el destino no puede elaborarse con movimientos falsos, ni de retracción, porque el engaño del futuro estriba precisamente en que nos muestra sus defectos cuando ya no es destino, sino triste presente irreversible. Asumido este hecho, no me quedaba otra posibilidad que ir en tu busca a través del pasillo y contarte en secreto lo que había visto bajo la cama de mi cuarto. Te encontré en el comedor, pero no estabas solo, y aún tuve que esperar unos minutos conteniendo mi expresión, hasta que mamá salió seguida de la pequeña Rosa. Después, yo hubiese querido que mi rostro, tan viejo ya, o mis ojos hubiesen bastado como enlace entre la mano amoratada por el frío y tú. Pero fueron necesarias las palabras y los trámites normales de una situación penosa, en la que si bien el miedo no podía entrar como invitado (hacía tiempo que era el anfitrión), podía, sin embargo, introducirse ese dolor físico que crece desde la memoria, y se introduce luego como un humo letal por todos los resquicios del cuerpo paralizando los músculos del rostro y las articulaciones de los miembros extremos. Cuando te levantaste para ir conmigo a desvelar el misterio, mi angustia contrastaba con tu expresión decidida. Tu modo de actuar no delataba sorpresa, ni un cansancio especial, sino más bien la dureza del que por largo tiempo ha esperado que le confirmasen algo que ya estaba previsto y añadido a los asuntos desgraciados de su vida. Una vez en el cuarto, rodeaste lentamente la cama, pero nada en apariencia rompía el ambiente monótono de la habitación. Y yo habría comenzado a dudar de mis sentidos de no ser por la expresión segura de tu rostro. Ahora eras tú el que me confirmabas lo inevitable. Ayudado por tu presencia miré debajo de la cama y vi el bulto encogido y silencioso. Un instante después tú dijiste con una seriedad terrible, desconocida hasta entonces para mí: «Sal fuera, Jacinto». Y salió Jacinto con peor aspecto que Lázaro, supongo. También tenía el rostro amoratado y su mirada había perdido toda posible relación con lo que miraba. Sentí miedo al pensar en las noches que había pasado tan sólo a unos centímetros por encima de él. Pero entonces toda la tensión que llevabas acumulando desde la falsa huida de mi hermano hasta aquel triste encuentro, explotó por vía melodramática, y le abrazaste fuerte y convulso, mientras lágrimas abundantes enturbiaban tus ojos. Yo no sabía qué hacer, avergonzado y triste como estaba por todos nosotros, cuando un ruido me obligó a volverme, y vi a la pequeña Rosa llorando silenciosamente contra el quicio de la puerta. A los pocos segundos llegó mamá, y con una fortaleza increíble resolvió la situación sin hacer ninguna pregunta (tal vez también ella esperaba que algo sucediera). Aproveché su llegada para coger a la pequeña Rosa de la mano y llevarla conmigo al comedor. Su llanto había degenerado ya en unas convulsiones, que recorrían a intervalos su cuerpo, y la obligaban a hacer unas muecas extrañas con la boca. Intenté entonces acariciarla acompañando mis caricias con palabras suaves y tranquilizadoras; pero no sabiendo hacer ni una cosa ni otra, difícilmente podía hacer las dos al mismo tiempo, por lo que la senté en una silla y me limité a vigilarla para que no regresara a la alcoba en la que mamá y tú cuidabais a Jacinto, nuestro hermano. Luego el instinto de conservación, que en mi caso siempre ha tendido a economizar sentimientos, me condujo con la imaginación a una selva razonablemente oscura, en la que los animales celebraban mi entrada sonriendo. Al volver de la selva la pequeña Rosa se había tranquilizado, y mi pena se transformó en tedio. Las preguntas relacionadas con el futuro de Jacinto, que desde ahora sería un lastre y una justificación de la lentitud de nuestra huida, permanecían agazapadas en algún punto de mi ser reservado al recuerdo, y yo las notaba luchar contra el tedio en la intención de asaltarme, mientras mis ojos recorrían las grietas, y los dibujos tantas veces imaginados sobre la gran mesa cuadrada del comedor. Y me maravillaba (sin dejar de vigilar con una esquina del recuerdo a las preguntas dispuestas para el salto), y me maravillaba de que alguien como yo o como la pequeña Rosa hubiesen construido, a causa de la violencia solapada del exterior, mundos tan pequeños que tuviesen cabida en el tablero de una mesa de madera y aun en una ranura o en cualquiera de los lugares en los que nos viésemos obligados a fijar la mirada. Estos mundos entrañables y falsos eran, quizá (aparte del dolor de lo vivido), lo único que todavía manejábamos de un modo personal. De ellos salíamos para enfrentarnos a la realidad, y ellos equivocaban el sentido de nuestra huida, pues de entre todas las maneras posibles de huir habíamos escogido aquella que estaba más expuesta al fracaso, porque partía de una base cuya raíz era el fracaso mismo y que consistía en aprovechar la imaginación o cualquier otro proceso mental para creernos libres y capaces de alcanzar al menos un cierto tipo de felicidad en la que el afuera nunca entraba como elemento constitutivo; y lo que a veces tomábamos como afirmación de la progresiva consistencia de nuestro conocimiento y nuestro saber, no era sino su extrapolación más vil manipulada con las tristes armas de nuestra soledad, impuesta por los que se repartían el afuera. De ahí todos los sueños bloqueados por mi memoria cuando llegaba el punto límite, en el que el exterior se imponía como la gran realidad anterior y madre sin duda de nuestros pobres deseos. Ignorábamos que cada vez que un sueño se moría se reducía también nuestra capacidad de ser felices. Más tarde me tocaría descubrir, ya sin vosotros, que si bien la inutilidad de estar solo y la de estar acompañado son distintas, emiten, sin embargo, su desesperación en la misma frecuencia.

Aun si cierro los ojos al tiempo que coloco mi cuerpo diagonalmente sobre la cama —aturdido por las hembras que están a punto de parir y no soportan la presencia de los machos—, puedo recordar sin esfuerzo el sonido de tus pasos y de los pasos de mamá y la expresión de la pequeña Rosa esperando vuestra entrada para arrojarse de nuevo a un llanto desolado, al que la empujaba la fortaleza íntima que se siente cuando el desamparo desborda los límites del propio cuerpo, y no es ya ni pie, ni mano, ni pecho tembloroso, sino cálido abrigo del inmensurable espesor tejido por una desgracia que rebasa la historia personal y ante cuya visión la impotencia y la rabia forman una hábil mezcla que relega la solución única —el grito en sus diversas variantes— a un futuro próximo o lejano, en el que se habrá introducido otro ingrediente: la incredulidad o la esperanza loca del que ya no puede esperar nada de sí mismo, ni siquiera la fortaleza mínima que le arrastrara un par de calles hacia arriba, para colocar junto al edificio previamente escogido un artefacto destructor fabricado con las propias manos.

No se hablaría más de Jacinto en la creencia de que el dolor puesto en palabras agrava la vergüenza del que a su pesar ha de soportarlo. Pero desde ese día permanecería cerrada una habitación, y aquel de nosotros que, empujado por la necesidad o por el gusto al propio desconsuelo pasara ante su puerta, no oiría más que un silencio terrible, amortiguado a veces por un golpe o un gemido, del que la memoria tomaría buena nota por si en el futuro fuera necesario establecer comparaciones. La única llave de aquel cuarto la guardaba mamá, y ella misma se impuso un rígido horario para alimentar y limpiar a su hijo, y, sin duda, también para quererlo a su manera. Y pienso ahora que si ni tú ni yo aceptamos esa tarea no fue por falta de amor, sino por un exceso de cariño y de lástima sentidos desde la lucidez, tan inútil siempre para las cuestiones prácticas.

Sus gritos afilados me distraen de esta tardía y a veces vergonzosa carta, y me enseñan que no es fácil escapar del ambiente exterior. Son las hembras, como te decía, que ya no soportan a los machos, porque sin duda necesitarían parir de un momento a otro. Tal vez incluso lo llevan retrasando algunos días en espera de que la mano que, impulsada por el miedo a perder puntos de referencia vivos, las capturó y las encerró luego a su pesar en esos recintos alambrados, haga ahora alguna cosa por ellas. Pero me duelen ya los dedos a causa de los alambres y no sé si el tedio dará de sí lo suficiente como para hacer cinco o seis jaulitas más. No es fácil, padre, luchar contra el ambiente exterior, y atravieso estos días una época en la que pasearme por este agujero o por la casa vuestra o por cualquier otro recinto imaginario a partir del cuerpo diagonalmente colocado sobre la cama, me resulta tan peligroso como si anduviera recordando por las calles de mi ciudad natal o del barrio cuando adolescente y triste. A veces tengo dolores musculares que me distraen del miedo, y entonces cambio de postura o camino despacio deteniéndome junto al agujero lateral en el que está el retrete, de forma que se alimente la sospecha. Luego vuelvo a sentarme y con un leve esfuerzo miro en torno de mí disimuladamente. El tiempo de recorrer el pasillo no existe. Estoy sentado sobre mí, más alejado, cada día más, de las palabras; haciendo palanca sobre un punto de apoyo imaginario, que ya está fuera de todos los lugares, consigo levantar un pensamiento-frase-descriptivo y yo. Padre, en el primer rellano de la escalera de mi último sueño tres comerciantes me vendían un dolabro, mientras que la inutilidad, fría como el acero, de todo mi amor hacia ti se convertía en niebla espesa, que se rasgaba como algodón podrido al contacto del dolabro. Sería lo mejor colocar dulcemente las manos a la espalda y echar a andar fiándome del radar de los ojos, como un murciélago aparentemente pensativo y muerto en pleno vuelo; aunque la imposibilidad de un pasado reciente (todo es reciente ahora) traiga consigo las palabras de algún raro momento, en el que la felicidad, traicionera como animal casero, estuvo a nuestra espalda en el instante mismo en el que el tedio se presentaba ya como un buen compañero, conversador y firme.

A pesar de todo, continuaron pasando los días. Y si bien es cierto que el contratiempo relacionado con Jacinto quebró la rutina del miedo a lo inmediato y nos colocó de improviso ante una situación en la que se imponía reconstruir la sintaxis familiar (Jacinto con su falsa huida se había convertido en una ausencia palpable, que hacía estragos en nuestras miradas cuando nos sentábamos a comer alrededor de la mesa, del mismo modo que esos signos que permaneciendo ocultos modifican la realidad más que los signos visibles), trabajo este que nos ahorraba el miedo de los días futuros, e incluso nos descargaba en parte de la preocupación por el pasado, que comenzaba a convertirse en un molesto presagio de nuestro destino final, no es menos cierto que el dinero permanecía impasible ante tales sucesos, diluyéndose siempre con el mismo ritmo y al margen de nuestras desgracias familiares o personales; lo que evidenciaba que aun en las situaciones más favorables para la escapada mental se imponen siempre a la razón las necesidades del cuerpo, por más que la voluntad te indique que ha llegado el momento de acelerar el fin. Y en el día trigésimo aproximadamente de demorarnos en aquella casa, cuando el tedio y la debilidad empezaban a hacer estragos en nuestros desencuentros ante la ruinosa vajilla de porcelana, comenzaste a hablar (la cena era signo evidente de la escasez del dinero) de alguien que se había establecido en Madrid y que te debía algunos favores, por lo que sin duda se prestaría a poner remedio a nuestros problemas económicos por un tiempo indefinido. Durante unos segundos caí en la trampa de la esperanza traicionera, pero en seguida miré a mamá y vi cómo bajaba la mirada hacia el plato, mientras tu voz perdía el tono resuelto con el que habías comenzado. Tú aún te defendiste de su gesto haciendo proyectos a media voz, hasta que el final de la comida acabó perezosamente con aquella difícil reunión familiar, en la que mis sentimientos por ti se multiplicaron por el infinito. Y luego, cuando me metí en la cama, supe que no podría dormir, y supe que el día siguiente de otro día no es más que un aplazamiento de ocho horas oscuras, porque amanece siempre y la amenaza se convierte en acto irreversible en el momento mismo en el que no es posible confundir la vigilia con el sueño. Con éstos y otros cuantos pensamientos marginales, y ayudado también por el engaño de los sentidos, que me hicieron creer que había dormido tres o cuatro horas, sobreviví a la noche; y sintiéndome sobrevivido hice en el cuarto de baño un par de necesidades corporales y luego me afeité, y ante el espejo me peiné la sonrisa y salí al pasillo, en el que resonaba ya el inconfundible andar de mamá, que iba a tu lado dándote las últimas instrucciones para que la entrevista con tu amigo tuviera resultados palpables. De esta manera, tú saliste de casa bien temprano; recuerdo que la pequeña Rosa dormía aún, y que mamá hacía esfuerzos por colocarte la ruinosa corbata en el centro del cuello. Antes de cruzar la puerta te limpiaste en un movimiento nervioso la suela de los zapatos contra las baldosas del recibidor, como si entraras en lugar de salir. Luego cerramos la puerta, y luego el silencio nos colocó a mamá y a mí en una situación difícil, porque nos miramos, y la mirada de ella presagiaba el deseo de una escena maternal, en la que el desamparo puesto en palabras entrecortadas por el llanto jugaría el principal papel. Pero, felizmente, apareció en el fondo del pasillo la pequeña Rosa con su extraño camisón, y yo pude librarme de uno de esos tristes cariños que nos ponen mal cuerpo durante cuatro días. Después fueron las horas —víspera de tu regreso—, y yo ya no encontraba un rincón seguro en el que hacer acopio de frialdad o indiferencia, para no volverme loco a tu vuelta, cuando tus gestos de fracaso y tu voz de padre mío viejo y roto sin remedio tratasen de explicarnos que las cosas no habían salido bien, o que apenas habías conseguido unas pesetas y una promesa falsa para aguantar otra semana. Atravesé la mayor parte de la crisis encerrado en mi cuarto, contribuyendo a la ruina de la ya escasa pintura de las paredes con el extremo de un lápiz, mientras en los sótanos de mi dolor se alumbraba la seguridad de que yo era también portador de los síntomas del miedo, que tú venías sintiendo por los hombres en los últimos años. Y mientras el revestimiento blanco de la pared se cuarteaba y caía al contacto del lapicero dejando por fin al descubierto el ladrillo rojo, al que me había propuesto llegar en aquella absurda y violenta lucha contra la cal, mis defensas adquiridas con el gratuito don de la palabra le ponían un nombre al origen de aquellos síntomas de miedo; y como viese que aun llamándola manía persecutoria no cesaba la angustia, sentí por un momento la imperiosa necesidad de escaparme de mí saltando desde la boca, por ejemplo, para estrellarme minúsculo e invisible como una mosca aplastada contra las frías baldosas de mi cuarto. Y si en aquel momento no renuncié para siempre a la expresión verbal fue porque sabía que ésta, a pesar de su inutilidad radical, habría de traerme algunas horas de sosiego, cuando perdiera el miedo a la resonancia solitaria de mi propia voz, y estimulara a mi ya segura soledad futura con palabras que me empujaran al llanto, o al convencimiento íntimo de la conveniencia moral de asesinarlas para siempre. Después salí de la alcoba y anduve un rato perdido por el pasillo acompañándome con una leve musiquilla apenas musitada y pensando que mi amor sólo sabría pronunciar la palabra que se refería a mi nombre, pero en cambio tendría unos ojos capaces de cambiar de color a cada instante para mirarme siempre con un pensamiento distinto al anterior, y por toda la vida nos miraríamos desnudos defendiéndonos de esta manera de nuestros congéneres, que por alguna estúpida razón intentaban destruirnos. Pensamiento este que me conducía otra vez al miedo, pues estaba seguro de que si alguna vez nos descubrían, le clavarían a mi amor punzones afilados en los ojos para dejarla muda, y yo entonces no sabría qué hacer para soportar tanto dolor, como no fuera caminar hasta el mar y destruir mi mecanismo interior con la falta de oxígeno, mientras algunos peces bondadosos saboreaban la pupila de mis ojos, con la que tantas cosas le había explicado a mi amor en las noches que conseguimos aislarnos en un mundo remoto y sin duda inexistente. Y para mi desgracia con estos pensamientos me había acercado sin querer a la puerta de casa, y en ese momento sonó el timbre y supe que eras tú, que regresabas de la expedición en busca de tu amigo. Me era imposible retroceder o esconderme para que te abrieran mamá o la pequeña Rosa, porque mi brazo se había dejado llevar por el instinto, y en el mismo momento de arrepentirme ya estaba mi mano corriendo el cerrojo y girando la puerta sobre sus bisagras. Sabía que eras tú, pero cómo iba a imaginar que volverías con el traje deshecho y con la oreja izquierda a medio desprender, sangrando abundantemente. De qué manera conseguí arrastrarte hasta el baño sin perder la razón o sin pedir auxilio a los demás es algo que aún no me he explicado. Del mismo modo, ignoro todavía cómo pude reprimir la pena (que peligrosamente se transforma en lágrimas o en desvarío), y la rabia impotente que sentí cuando al sentarte sobre la taza del retrete comenzaste a llorar con la desesperación de un adulto acobardado, y tuve que taparte la boca para que no te escucharan mamá ni la pequeña Rosa. No obstante supongo que pensé que tal vez tú no eras mi padre o que en todo caso sería un accidente que lo fueras y, por lo tanto, no valía la pena que yo viviera el resto de mi vida determinado por el recuerdo de tus ojos envejecidos tras la cortina de lágrimas, ni de tus manos manchadas por la sangre que inútilmente intentabas detener, ni de tu oreja izquierda, a punto de rasgarse por completo con el peligro consiguiente de caer sobre mi memoria, que se había anticipado ya a aquella situación y comenzaba a recordarla sobre el baldosín blanco, absurda como un pájaro sin alas. Me apresuré entonces a restañar la sangre con mi pañuelo sucio al tiempo que te hacía prometer, como a un niño, que no chillarías más si te destapaba la boca. Luego apareció la silueta de mamá en el cristal esmerilado de la puerta, y tras unos segundos de indecisión comenzó a susurrar «qué pasa, qué pasa», de manera que le tuve que abrir a mi pesar, y cuando estuvo dentro y se encontró de golpe con tu imagen, ella dijo «Dios mío, Dios mío», mientras tus ojos comenzaban a prestar una atención desmesurada a un punto imaginario en dirección al suelo. Sospeché que era el modo de decirnos que no tomarías ninguna iniciativa, porque caminar entre las situaciones como un perro perseguido por un callejón sin salida, hundirse en el pasado desde el rincón caliente y apenas comprometedor de la nostalgia, y no elegir nuestras desgracias, sino ser vapuleados, como tú entonces, por ellas, es algo que siempre ha formado parte de nuestra historia, por no decir que ello ha conformado definitivamente nuestra historia. Mamá había comenzado ya a acariciarte atrayendo tu rostro hacia su falda, y nunca olvidaré el dolor de la lástima que comenzó a invadirme el pecho y que mi voz detuvo por fin en la garganta. Hablé entonces de llevarte a una clínica, y eso, gracias a Dios, te hizo reaccionar, porque en las clínicas, cuando hay por medio sangre difícil de explicar, exigen la documentación para informar después a las autoridades; y bastante suerte habíamos tenido ya en el tren con aquel policía, que no era, desde luego, un especialista en detectar falsificaciones. Te opusiste a mi idea con la seguridad de un hombre que ha sufrido la rectitud moral de sus congéneres en alguna ocasión; también se opuso mamá después de cambiar una mirada de opinión contigo. Respiré con disimulo el poco aire que quedaba en el cuarto de baño y a punto estuve, por despejar el silencio, de preguntarte qué te había ocurrido, pero tu desesperación o tu rabia habían ya cedido paso al dolor físico, y al sentirte por fin un poco resguardado (imagino lo que sufrirías para escapar de la calle), comenzó a trabajarte el temor ante una nueva crecida de la hemorragia, que ya debías sentir caliente y traicionera por tu cuello; todo lo cual nos obligaba a sacar a relucir nuestras escasas cualidades prácticas, si bien la necesidad de adecuar nuestro sistema nervioso a esta nueva situación desgraciada nos concedió todavía algunos segundos de tregua. Fue mamá, que un día se había asignado el papel de fuerte, la que comenzó a tomar iniciativas utilizando directamente el agua oxigenada sobre el origen de la hemorragia. Como las burbujas que se formaban con esta nueva combinación y el aire coagulado del cuarto comenzaban a darme náuseas, me mandó ir a la cocina para que hirviera una aguja y una hebra de hilo al objeto de coserte la oreja, de manera que comenzara a cicatrizar lo antes posible. Avancé por el pasillo como un borracho al borde de la lucidez por un callejón de madrugada. Nadie me observaba desde los laterales, nadie (la imaginación desaparece ante un problema inmediato) vio mis traspiés intencionados ni mi esfuerzo final de adulto inconsolable, que se compone un rostro por no distorsionar aún más toda la imagen exterior que los sentidos rechazan por inasumible una y otra vez. Jamás a

nadie haría partícipe de tal historia en la creencia
de que la potencia de mi ser destinada a sufrir los
recuerdos sería aliviada con alguna falsa memoria olvidadiza, que nacería del mutismo impuesto por el miedo a la evocación irremediable del
pasado. Y la inutilidad de tal desgracia ante la
ausencia total de espectadores me reveló lenta y
desapasionadamente que aquello no era más que
un hecho doloroso y próximo, y yo uno de los
posibles resultados inútiles de tal suceso. Ante el
oscuro hueco que precedía a la puerta del cuarto
de Jacinto o de lo que de él quedase, hice una genuflexión respetuosa y tímida, pero ni aun así lo-
gré convocar mis rostros tan queridos. Busqué a
mi amor entonces por el resto de la casa, demo-
rando las manos un momento sobre la cabeza de
mi hermana, que afortunadamente aún no se había extrañado de mi actitud, ni de la ausencia de
mamá, ni del silencio distinto que se había instalado en la casa después del último timbrazo de la
puerta. Y convencido por fin en la cocina de que
la idealización de mi amor, a quien yo quería no
por su soledad, sino por los efectos de esa soledad, que creaban en torno a sus mejillas y en torno de sus hombros y en torno de su espalda solitaria, tan querida por mis labios, una realidad no
grande ni pequeña, sino absoluta, que fácilmente
conformaba su arista única, o su única redondez,

con la realidad interna de mi ser, aderezada entonces por sucesos que superaban mi capacidad de angustia, con el peligro consiguiente de convertirlos (de convertirme) en el único centro posible de la realidad, falseando por tanto cifras, distancias, crímenes, sin consideración alguna a su evidencia, convencido por fin en la cocina de que la idealización de mi amor no alargaría el tiempo que mamá habría considerado suficiente para que me repusiera del mareo, y diera con los utensilios necesarios para coserte dolorosamente la oreja, regresé a la cocina y comisioné a la pequeña Rosa para que me buscara el cesto de los hilos de mi madre y lo llevara a la cocina, en donde yo me haría cargo del artefacto. Y de nuevo en la cocina lamenté (por enviar a mi subconsciente una falsa predisposición para el suicidio) que a aquella destartalada mansión no hubieran llegado aún las gruesas tuberías por donde el gas camina, ajeno a su función de producir la vida o su consecuencia. Abrí un poco el tiro para que entrase más oxígeno, y arrojé unas astillas y luego una palada de carbón, y cuando el agua estaba en su primer hervor y yo perdido en sus burbujas rastreando de nuevo las huellas de mi amor, la voz de la pequeña Rosa, extrañamente humanizada a la altura de mi bajo vientre, insistía en que no daba con el costurero. Con un esfuerzo excesivo para la magnitud de la burbuja desde la que espiaba el fondo del cacharro en la inútil búsqueda de la burbuja en la que debía viajar mi amor, regresé a mi cuerpo, que en ese momento cerraba un poco el tiro, inclinando al tiempo la cabeza con expresión de interés hacia la pequeña Rosa, y reproduje en mi máquina superior de pensar, imaginar y evocar las últimas palabras registradas, las cuales comunicaban a mi escaso entendimiento que la pequeña Rosa no había dado con el costurero, y añadían a continuación que había ido en busca de mamá, la cual, en su opinión, debía de estar en el cuarto de baño; pero se había detenido en el pasillo, a la altura de la habitación de Jacinto, porque le había dado miedo continuar el viaje; por lo que regresaba en mi busca para que ambos nos aventurásemos a través del oscuro pasillo al objeto de interrogar a mamá sobre el paradero del cesto de costura. Yo debería haberla descargado de la tarea de acompañarme, pero se me había emponzoñado la vida en la burbuja, y necesitaba saber si la crueldad es un sucedáneo del cariño o tan sólo su consecuencia final; por lo que cogiéndola de la mano con gesto fraternal la introduje junto a mi cuerpo en el pasillo. Y entonces aparecieron otra vez los rostros laterales, y los más cuerdos cuchicheaban entre sí señalándonos alternativamente con gesto de reprobación, mientras que los cínicos sonreían dulcemente desesperados entre aquella turba. Sobrepasado el comedor, a mano derecha y precedido de medio metro de oscuridad ilógica (a menos que la oscuridad cumpla alguna función arquitectónica), adivinamos la puerta del cuarto de Jacinto. Cerbero descansaba vigilando con una de sus cabezas (las otras dos dormían y tú te desangrabas) al visitante hostil, o al forastero desprovisto de los venenos convencionales. Cerbero, padre, son siempre las sombras. Giramos luego a la derecha del recodo, y los cristales iluminados del cuarto en el que tú gemías de dolor y en el que mamá trataba de quererte aún en nombre, creo, de las desgracias que juntos habíais soportado, o de los hijos que habíais tenido a partes desiguales, o de toda la historia personal ya irrecuperable que habíais arrojado el uno sobre el otro, aparecieron al fondo del pasillo, constatando de nuevo que la realidad particular es algo no modificable, si bien es cierto que deja pequeños intervalos de expansión (rostros, amor, rostros, burbujas de agua hirviendo), no con el objeto de que la afrontemos después más descansados, sino con más tristeza y repugnancia; hasta que en esa lucha desigual entre la realidad repugnante de nuestra vida cotidiana y los escasos momentos concedidos por las circunstancias para la fabricación del amor o de los rostros que ponen en cuestión la soledad del paseante solitario, sucumben los escasos momentos concedidos por las circunstancias y hacen un primer pacto con la realidad personal no modificable, colocando lentamente al sujeto en el lado de los que reprueban desde los laterales del pasillo al que por un exceso de cariño o crueldad confusa conduce de la mano a su hermana pequeña, la pequeña Rosa, al espectáculo de un padre que se desangra solo, que no ama ninguna realidad, y que se mantiene vivo tan sólo porque en su escaso vocabulario penetró cualquier día una palabra traicionera, que fabricó posteriormente su propia referencia; referencia que sólo se diluye por muerte natural. Con el primer gemido tuyo captado por la pequeña Rosa se alteraron sus rasgos y se descompuso el juego, como todos los juegos que intentan convertir en recuerdo lo que por fuerza sucede en el presente, ya que los gemidos, las sombras y la nueva expresión de la pequeña Rosa atestiguaban que tú te estabas desangrando, y que mi obligación más próxima consistía en reunir los utensilios necesarios para arreglarte el rostro. Me di la vuelta entonces y conduje a mi hermana a la cocina, asegurándole que no ocurría nada, sino más bien que uno de los dos debía vigilar el agua para que no se evaporase, porque había que hervir una aguja para ponerte una inyección, pues habías cogido un resfriado. Y allí se quedó contando las burbujas con cara de niña alucinada, mientras mi cuerpo, sin rostros laterales definitivamente, regresaba otra vez en busca de la respuesta de mamá sobre el paradero del cesto de costura. Entreabrió la puerta a mi llamada y me dijo en voz baja y clandestina que el costurero estaba en el fondo del armario de su cuarto, detrás de una caja de cartón llena de correspondencia, y que me diera prisa, que la herida tenía muy mal aspecto. Otra vez el pasillo, y a mano izquierda el otro, después el cuarto de Jacinto, precedido de medio metro de vacío inútil, y luego la cocina con la pequeña Rosa ensimismada aún en las burbujas. Por fin, tras una vuelta por un extraño laberinto, la habitación en la que mamá y tú os acostabais juntos, y os abrazabais tal vez con esa sensación contradictoria que te obliga a odiar a la persona que amas, y que a mí me ha enseñado que el odio no es más que una forma de conocimiento que en general no aprovechamos a causa de una deficiencia congénita, que nos conduce siempre del lado de las equívocas palabras, aunque utilizando todas las técnicas del disimulo para escamotear una de las sensaciones o de las palabras amor-odio, a la única parte de nuestro ser que actuaría en consecuencia del engaño con una acción pura de abandono sin memoria o de destrucción de lo amado.

Recogí el costurero rozando apenas con los dedos la tentadora caja llena de correspondencia que mi mano hubo de sobrepasar para llegar a él, y la oscuridad del fondo del armario no me impidió ver los numerosos sobres rasgados, unos con un corte impecable; los otros, casi destrozados en el empeño por llegar al contenido, sobre los que aparecía tu letra fuerte y clara de otros tiempos, o la de mamá, ancha y redonda como una madre, e innumerables caligrafías anónimas desgastadas por el trasiego de la familia en los últimos años, que de haber cedido al primer impulso me habrían remitido a nombres familiares de primos o tíos muertos ya o destrozados por la vida o establecidos con más fortuna que nosotros en cualquier parte del mundo. Pero tales nombres arañarían apenas mi memoria, pues eran todos ellos nombres fantasmas, ya que la total ruptura familiar se consumó en alguna época anterior a mi adolescencia y por razones obvias, si no es falsa la imagen que he elaborado de tu juventud. Tengo un firme recuerdo, apoyado sobre todo en sensaciones olorosas y táctiles, de algunas tardes de mi infancia (las que debieron preceder al nacimiento de Jacinto especialmente), en las que mamá se ocupaba durante largo rato de mi aseo personal (recuerdo su escote y su olor cuando se inclinaba hacia mí para abrocharme el abrigo) y luego nos marchábamos los tres a visitar a los abuelos. Íbamos en un tren, y por la ventanilla entraba el olor de los naranjos. Pero si había tormenta, el olor del mar y el de la tierra hacía frente común contra el resto de los olores, y podían con todos, hasta con el olor del tren, que era casi tan fuerte como el de la colonia de mamá. Después recuerdo la cocina de la casa de tus padres y la gran mesa rectangular de madera en la que yo merendaba, mientras vosotros cuatro hablabais de los asuntos familiares cerca del fuego, barajando esos nombres que para mí, en la mayoría de los casos, no estaban relacionados con ningún rostro en particular, y en otros, los contactos debieron de ser tan fugaces, que no fue posible la fijación, ni siquiera el olvido, porque ninguno de aquellos personajes marcó especialmente mi infancia. Más tarde, aquellas visitas se fueron espaciando hasta llegar a un final lento y destructivo. Inmediatamente después no se volvió a nombrar en casa a nadie, ni siquiera a los abuelos, y si en alguna ocasión mamá o tú faltabais a este acuerdo secreto, la intención no era otra que restarles la importancia que el propio silencio les había ido transfiriendo poco a poco.

De manera que con el tiempo también el hecho de nombrarles se convirtió en un rito o en una medida terapéutica que os aliviaba momentáneamente del dolor del olvido, un dolor que de todas formas acabaría por aplastaros, sobre todo a ti, cuando los años venideros, aprovechándose de una situación familiar penosa y desfavorable, dieran origen en tu interior a nuevos hechos de conciencia incompatibles con tu ideología (me pregunto a menudo si fuiste víctima de tu ideología o de la ideología), y que en su momento darían al traste con la fortaleza íntima que ésta te proporcionaba. Fue entonces cuando te acometieron los dolores de la contradicción, pues comenzaste a observar en ti actuaciones que nada tenían que ver con tu sistema moral, sino que se relacionaban más bien con los flujos de tu sangre, por lo que tales remordimientos, ante la incapacidad de asumirlos sin asumir también la muerte, se convirtieron en algo molesto y embarazoso, pues a ningún nivel de racionalización resultaba posible sofocarlos. Y en cuanto a mí, mi ignorancia sobre el grupo familiar era tal que a partir de la información recibida de aquellas cartas y de mis recuerdos infantiles tan sólo podría haber establecido conjeturas inútiles y delatoras de un desvío mental intencionado, que inexorablemente me habría conducido a una reconstrucción ideal y falsa de mi ascendencia familiar con el inconfesable objeto de encontrar, entre los que precedieron mi destino, a alguien con el que iniciar un proceso espontáneo de identificación para luego estudiar su vida como presagio y justificación de la mía. De manera que me limité a coger el costurero, y con él debajo del brazo me dirigí de nuevo a la cocina. Allí continuaba la pequeña Rosa, de puntillas, y observando abstraída el ir y venir de las burbujas en el cacharro del agua. Metí una aguja fina y una larga hebra de hilo negro y lo dejé hervir durante diez minutos. Afortunadamente mi hermana permanecía silenciosa, y hasta se puso alegre en el transcurso de la espera con un extraño juego, que al necesitar más de un sujeto la obligaba a desdoblarse, por lo que continuamente cambiaba de lugar y de expresión. Pasados los diez minutos coloqué la aguja y el hilo sometidos a tan primitivo tratamiento de desinfección en un recipiente adecuado, y después de hacerle a la pequeña Rosa alguna recomendación rutinaria la abandoné a su juego, que en los últimos minutos había multiplicado los personajes y la obligaba, por consiguiente, a un esfuerzo considerable en el que lo más importante no era conservar la identidad, sino perderla en mil direcciones distintas. Caminé por el pasillo hacia tu salvación

con la luz apagada, y debes perdonarme si el retraso causado por las historias anteriores empeo-
ró de algún modo tu herida; pero has de comprender que yo carecía de tu edad y de tu
experiencia para llevar adelante sin perder la
compostura un asunto tan desagradable y penoso, sobre todo por lo que se refiere a la falta de
elementos precisos para jugar a trascendentarlo,
puesto que ni yo poseía la dosis de idiotez necesaria para hacerlo ni la historia en verdad daba
mucho de sí, ya que la relación existente entre tu
herida y el resto de las cosas (entre las que debía
incluirme también a mí mismo) quedaba perfec-
tamente explicada por el tipo de relaciones que
se habían establecido entre nuestra familia y la
organización general del exterior, dentro de la
que nosotros —en nuestra calidad de fugitivos—
cumplíamos sin duda alguna función, y éramos
tan necesarios como el delincuente que confir-
ma la ley en el momento mismo de transgredir-
la. Lo que sucede es que al poder elegir con cierta libertad entre las causas y los efectos para a
través de unos o de otros establecer una visión
del mundo que de alguna manera nos permita
construir un sistema moral que haga más lleva-
dera, y anule en algunos casos la vaciedad de
nuestro corazón, la elección personal recae generalmente en los efectos, pues tienen la ventaja

de ser múltiples y de estar mediatizados; con lo que sólo basta darles un toque de imaginación culpable para desviarlos definitivamente de sus auténticas raíces e ingresar de este modo en un orden nuevo en el que la mitificación y la tristeza comienzan a jugar un papel moral que no les corresponde, pero que permiten al sujeto que las elabora no arruinar del todo su vida personal, o aliviar en parte el sufrimiento al que el estado general de las cosas le han sometido en un momento dado, y que en nuestro caso comenzaba a ser insoportable. Es por lo que desde hace tiempo me vengo preguntando si esto que llamamos actuar moralmente no es una forma más de escapar a la locura, con la ventaja, por otra parte, de que la ambigüedad del término se ha institucionalizado, y ya no hay ser, por muy otro que sea, al que no le esté permitido refugiarse bajo tan amplio techo.

Mamá me abrió la puerta, y en su mirada había un tono de dureza causado sin duda alguna por mi actitud pasiva y lenta ante la situación. Tú estabas abatido y pálido, pero de momento la hemorragia había cesado, aunque la pérdida hubo de ser abundante, según se desprendía de un barreño que a tus pies rebosaba de pañuelos empapados en sangre. Una vez que mamá se hizo cargo de los utensilios mi misión allí no era muy clara; de manera que por no estorbar, y también por darle naturalidad al asunto me senté en el borde de la bañera, frente a ti (continuabas sentado en la taza del retrete), y cuando nuestras miradas se encontraron te sonreí del mejor modo posible, e inmediatamente desvié mi atención hacia mamá, que estaba a mi derecha, junto al lavabo, intentando por centésima vez enhebrar el hilo. Después volví a mirarte y tú seguías en la misma postura: con las manos entre las rodillas y la mirada en el suelo. Mamá me preguntó algo acerca de la pequeña Rosa, y yo la tranquilicé afirmando que estaba entretenida con algún juego en la cocina. No obstante, me ofrecí a salir otra vez del cuarto de baño para vigilar sus movimientos. Y entonces mamá me respondió textualmente: «No, no, te necesito aquí para que sujetes a papá mientras yo le coso la oreja». Dijo esto con una frialdad terrible, como si se tratara de objetivar la situación, pero tú comenzaste a llorar muy suavemente, porque sabías que un hijo que tiene que ayudar a su padre a soportar un sufrimiento es ya un hombre sin padre y sin hogar, y sin punto de referencia en cuanto al desamparo. Entonces mamá, que no había advertido tu llanto, consiguió enhebrar el hilo, y me hizo una seña para que cumpliera con mi deber. Yo me levanté y te ofrecí un pañuelo para que tuvieras algo que morder, y luego te cogí la cabeza y la apoyé en mi vientre, exponiendo a mamá el lado herido sobre el que tenía que maniobrar. Cuando te clavó la aguja por primera vez, levantaste las manos y te cogiste con fuerza a mi brazo derecho; eran como dos tenazas ardientes y aún hoy me quema este recuerdo en el brazo más que en el corazón. Al tercer pinchazo te desvaneciste y eso facilitó las cosas, pues dejamos de sufrir por tu dolor y acometimos el resto de la operación de un modo más técnico; es decir, sin tenerte en cuenta para nada. Supongo que la dificultad estribaba en que en ese débil punto de unión entre la oreja y la cabeza apenas hay carne, y resultaba difícil coser sin dañar el cartílago por una parte, o sin tropezar continuamente con el hueso por la otra. No obstante, el apéndice quedó finalmente más o menos en su sitio, y mamá respiró con alivio. Luego volvió a limpiar con agua oxigenada o con colonia la herida y te la cubrió con paños y esparadrapo para evitar una posible infección. Después te cogimos entre los dos y te arrastramos por el oscuro pasillo y su recodo hasta la alcoba, sin poder evitar que la pequeña Rosa nos viera al pasar frente a la cocina. Yo mismo me encargué de desnudarte antes de meterte en la cama, pero no pienses que esto me afectó demasiado, pues la relación padre-hijo se había trastocado en el cuarto de baño, si no antes, y sólo experimenté las sensaciones ambiguas y encontradas que debe de experimentar todo adulto que cuida a su pesar de otro adulto, al que las costumbres sociales le han obligado a amar, y del que respeta todo, incluso su pudor, aunque —como en tu caso— ese pudor sólo hubiera servido para evitar la tristeza de que tu familia te amara demasiado. Comenzaste a salir del desvanecimiento cuando te cubría con la sábana, y ya entonces hacía rato que la voz serena de mamá llegaba hasta la alcoba. Hablaba con mi hermana; le explicaba que te habías mareado o algo así, y que había sido necesario acostarte, pero que al día siguiente ya estarías bien. Yo, entretanto, te cubría con la manta y te decía en voz baja y vergonzosa palabras suaves, como tú mismo habías hecho conmigo de pequeño, cuando me acometían fiebres altas y me colocabas la mano en la frente, mientras le quitabas importancia al asunto con la voz. Crucé los dedos para que acabaras de salir del desvanecimiento y para que la herida cicatrizara sin complicaciones.

Llegado a este punto, padre, no sé qué puede impulsarme a continuar aquí, como no sea un detalle mínimo y lateral: la curiosidad, por ejemplo, de saber qué será finalmente de estas hembras, a las que ahora me niego —por pereza o por crueldad ya exenta de placer— a separar de los machos, que están deseando verlas parir para devorar sus crías. Pero con frecuencia pienso que también esto es mentira. Tal vez si aún no salgo a la calle a molestar un poco a los transeúntes o a entregarme a la policía no es por ellas, sino más bien por ver hasta dónde es capaz de llegar este mal iniciado diálogo entre mi memoria y yo. Porque los diálogos comienzan siempre silenciando el objeto mismo de su puesta en marcha, y aunque en ocasiones surge con dificultad en alguna esquina del discurso, la mayoría de las veces muere asfixiado entre tanta palabrería inútil, pero inevitable para quien, como yo, aún espera de sí mismo alcanzar la madurez necesaria para iniciar un gesto definitivo; un gesto, padre, que finalmente le encare con el futuro, de manera tal que su corazón ya sólo consuma sus latidos en alguna actividad absorbente y gratificadora desde el punto de vista moral; aunque no ignoro que es muy fácil pasar por una cuestión de principios lo que no es más que una cuestión de circunstancias. Pero mi locura no ha llegado al punto de confundir cosas tan distintas, y es por esto tal vez por lo que aún me mantengo aquí y aun consumo a diario las calorías necesarias para no desfallecer. Luego también está la falta de humildad, que me obliga a contarte cuanto sucedió en versión propia, para que veas que no ignoro que entre tu silencio y yo hubo más de lo que las circunstancias nos permitieron manifestar, aparte, claro, del temor de que en realidad no hubiera habido nada y que el recuerdo no quiera resignarse. Por lo que una y otra vez vuelvo a tu rostro y a tus gestos para ver hasta qué punto sea posible interpretarlos a mi favor, pero sin poder evitar que a veces surjan contragestos y contrapalabras que momentáneamente me excluyen de tus pensamientos y, por tanto, me enloquecen hasta que de nuevo hallo las pruebas necesarias para que vuelvas a quererme y te sientas orgulloso de tu hijo, que jamás te despreció, aunque tu actividad ante tus contemporáneos nos haya obligado a soportar una vida penosa a mis hermanos y a mí e incluso a mamá, aunque de los sufrimientos de ella no estoy muy seguro, ya que su postura ante todos los acontecimientos que nos marcaron sólo fue de fortaleza y, por lo tanto, ambigua. Como verás todas estas confesiones no hacen en definitiva más que confirmar mi triste dependencia de ti, que las actuales circunstancias de soledad y pobreza han acentuado hasta el punto de obligarme a imitar (mentalmente al menos) tu método de vida, por ver si tal método se convierte en sistema, y el cúmulo de justificaciones comienza a mostrar cierta coherencia.

Aquella noche nos sentamos a la mesa muy temprano, creo que para acostar a la pequeña Rosa lo antes posible, por si surgían complicaciones con tu herida. Ya éramos tres, ya había comenzado a quebrarse otro costado de la geometría familiar. Tu ausencia —al igual que días atrás la de Jacinto— comenzaba a pesar sobre los presentes como algo que se sabe y se silencia en favor de una tranquilidad momentánea y raquítica. Mamá se mostró animosa y fuerte: le gastó tres o cuatro bromas estúpidas a la pequeña Rosa, que rió con ganas un par de ellas. De vez en cuando me miraba a los ojos con cara de cómplice, pero yo no le seguí el juego porque me fastidiaba su actitud, y no me hacía sentirme más seguro aquella complicidad que intentaba establecer a expensas de la pequeña Rosa. Cuando se dio por terminado aquel simulacro de cena familiar, mamá cogió a mi hermana de la mano y se la llevó a la cama contándole alguna historia por el camino. Yo apoyé las dos manos en la mesa e intenté aliviar toda la tensión acumulada en las últimas horas, pero en seguida me acordé de que el cuarto o la especie de cuarto donde pasaba las noches la pequeña Rosa tan sólo estaba separado del vuestro por una cortina floreada que ni siquiera llegaba al suelo, por lo que en el caso de que tú empeoraras durante el transcurso de la noche lo más probable sería que la pequeña Rosa se despertara, ingresando sin querer en la triste sociedad de los cómplices. Entonces maldije a mamá durante unos minutos por tener tan poco tacto, y me apliqué de nuevo a la tarea de mi sosiego interior. A los quince minutos, aproximadamente, mamá atravesó el pasillo en dirección al cuarto de Jacinto con una enorme bandeja llena de alimentos entre las manos. No me miró al pasar ante la puerta del comedor, como si de esa forma quisiera dejar bien sentado que tampoco yo la había visto, y que por tanto continuaría ignorando en adelante que Jacinto se llevaba la mejor parte de las ya muy escasas provisiones con las que contábamos. Me hizo gracia que mamá tuviera capacidad para albergar en su corazón sentimientos de culpa, y aproveché esta leve ráfaga de buen humor para irme a la cama sin hacer la genuflexión acostumbrada al pasar ante la puerta del cuarto de Jacinto, de donde salían extraños y asquerosos ruidos, como de un animal que comiese carroña. Una vez en mi alcoba se me puso de nuevo cara de suicida, y anduve como por un escenario hasta el borde de la cama, en el que me senté despacio y roto, observando mis piernas y mis manos; y mis manos, que inmediatamente se aplicaron a la tarea de palpar mis mejillas y mi pecho, como si una fuerza interior las urgiera a adquirir alguna experiencia de mí mismo; experiencia que, ahora lo sé, no habría adquirido ni en mil años que viviera, pues quería ser tan semejante a la que poseía de ti o de mamá o de mis hermanos, que me habría sido necesario estar dotado de la misma consistencia que yo creía ver en vosotros, y que sin duda alguna era falsa, como toda experiencia palpable. Luego incliné lentamente mi cuerpo hacia la almohada en una especie de rito encaminado a hacer el amor conmigo mismo por el puro placer de aumentar el cansancio a que me había sometido la jornada. No hay soledad total si el agotamiento físico no es completo. Incluso pienso que ambos son la misma cosa bajo ropajes diferentes, pues es bien cierto que los dos conducen a la lenta y minuciosa destrucción del cuerpo que nos ha tocado en suerte con una maestría tal que hace sospechar al entendimiento que no hay forma posible de diálogo con nuestro propio ser, que no esté basada en su mutilación. Desesperado, dos minutos más tarde me arranqué la camisa y el resto de la ropa, con la que hice un pequeño montículo en el suelo con la maligna intención de que las cucarachas creyeran esa noche que habían equivocado su camino habitual. Después dormí y soñé que un funcionario me urgía a estampar mi firma bajo una copia de mi sueño destinada a que las autoridades estuviesen al corriente del progreso de mis inhibiciones. Yo no quería obedecerle, por lo que él me zarandeaba por los hombros, arrojándome su aliento en plena cara, con lo que a los pocos minutos consiguió despertarme, y resultó que no era un funcionario, sino mamá la que tenía su rostro a dos palmos del mío, y decía sin intervalo «despierta, despierta». Y desperté y supe que la temperatura te había subido en las últimas horas haciéndote delirar con más frecuencia de la deseable. Me vestí lentamente, a pesar de que mamá me urgía con la mirada y le pregunté la hora por quitarle gravedad al asunto. Yo esperaba que me dejase solo unos minutos de forma que me diera tiempo a meditar o a enjuagarme la boca, pero por el contrario, no dejaba de mirarme y al final hube de irme con ella. Atravesamos la casa con el mayor cuidado para no despertar a los vecinos, y cuando llegamos a tu alcoba el silencio era total, y desde la puerta dabas la apariencia de estar tranquilo. Temí que todo hubiese sido un invento de mamá, que desde lo de Jacinto trataba de cogerme a solas con la enfermiza idea de que intimáramos un poco. Pero cuando me acerqué a la cama el olor que despedía tu cuerpo me obligó a contener la respiración. Observé que tenías el vendaje empapado en sudor, y al tocarte la frente me dio un vuelco el corazón. No era mentira y me asusté pensando en las consecuencias de un empeoramiento. Miré a mamá por ver si su rostro desmentía en parte tu gravedad, pero estaba más descompuesto que el mío; por lo que decidí tranquilizarla asegurándole que al amanecer remitiría la fiebre. Luego acerqué una silla a la cabecera de la cama y me senté junto a ti dispuesto a montar guardia. Invité a mamá a que pasara el resto de la noche en mi alcoba, pero —como era de prever— se negó a aceptar tal arreglo. De manera que encendió una vela y la colocó en la mesilla de noche que estaba al otro lado de la cama. Después apagó la luz y vino a sentarse en otra silla, junto a mí, dispuesta a hacer más soportable la vigilia hablándome de madre a hijo, ya que las circunstancias se mostraban propicias para las efusiones materno-filiales. Y a pesar de que esgrimí en favor de mis mermadas defensas interiores la conveniencia de guardar silencio por consideración a tu fiebre y al sueño de la pequeña Rosa, no pude evitar que pusiera en marcha la máquina de soltar confidencias, que eran acompañadas de frecuentes llantos contenidos (el llanto del que aún es demasiado fuerte), cuyo único objeto era, sin duda, desprestigiarte ante mis ojos, y pasar a ocupar ella el puesto de heroína. No sabía que en nuestra historia no había ningún héroe, pero por alguna oscura razón identificaba el heroísmo con las penalidades, y sentía la grandeza del que ha sido víctima de su condición moral, condición de la que ella carecía pero con la que jugaba con una facilidad notable, para, finalmente, hacerse con el monopolio de los sufrimientos gratificadores. Mientras mamá hablaba, yo me mordía el labio inferior fingiendo prestar más atención al movimiento oscilante de la llama que a sus palabras. Pero ella notaba que me estaba hiriendo, y seguía adelante en la esperanza de conmoverme hasta el llanto con la historia de vuestro fracasado amor. Me dolían los ojos y sentía que mamá de vez en cuando miraba furtivamente mi perfil para estudiar el efecto de sus palabras; pero me era imposible cambiar de postura, no porque estuviera hechizado por la llama, sino porque trataba de defenderme concentrando todas las fuerzas sobre un punto exterior a mi cuerpo. Y entretanto no podía evitar enterarme de más y más cosas sobre nuestra familia, a pesar de que con las que ya conocía antes de esta noche me bastaba para no dormir bien en muchos años. Finalmente la tensión se hizo insoportable, y me levanté con la excusa de arreglarte el embozo y con la esperanza de reprimir los deseos de aullar o de golpearme contra las paredes que estaban comenzando a acometerme. Para lo cual inicié un lento paseo alrededor de tu cama hasta colocarme al otro lado, frente a mamá, que había aumentado el ritmo y lanzaba cien o más palabras por minuto. Entonces pensé que, dada nuestra situación, ella distinguiría ahora mejor mi rostro gracias a la luz de la vela, por lo que intenté aparentar indiferencia, y relajé los músculos para evitar en lo posible el estallido. En seguida bajé la mirada y me concentré en tu rostro. Vi cómo te hundías en el precipicio de la fiebre, mientras en un segundo plano de mi conciencia resonaban las palabras de mamá, que describían ahora tus debilidades; en especial aquella que se refería a tu extraña capacidad para volver contra ti el odio que sentías por los demás, lo cual no sólo te había llevado a ti a la perdición, sino que en tu caída habías arrastrado a tu mujer y a tus hijos, que no tenían la culpa de tu carácter. Así de absurdos eran sus razonamientos; pero lo mas grave es que yo tenía que soportar el conocimiento de algunos hechos acerca de mi padre con un gesto de adulto que ni mi gran amor hubiera soportado. Para evitar el llanto, puse una de mis manos sobre tu frente, y la temperatura seguía siendo demasiado alta. Intenté dominarme pero la angustia comenzó a invadirme a oleadas el pecho, y cada nueva oleada arrastraba al irse el ridículo grado de locura que mis defensas naturales

71

habían logrado construir para hacer más soportable la conversación de mamá. En tres oleadas más me quedé indefenso en el instante mismo en el que tú comenzabas a delirar. Yo dije hay que hacer algo, pero ya mamá te ponía paños mojados en la frente al tiempo que te hablaba con cariño, creciéndose en su fortaleza para aumentar aún más mi inutilidad. Con esa sensación de estar aprendiendo a andar que nos acomete cuando las sensaciones físicas se multiplican o desaparecen del todo, me acerqué al rincón de la pequeña Rosa y cuidadosamente descorrí un poco la cortina para verla dormir. Pero no dormía, sino que sus ojos estaban abiertos y brillaban en la oscuridad y me miraron las décimas de segundo que tardé en apartar el rostro y esconderme otra vez tras la cortina. Seguramente lo había oído todo, y ahora descifraba la vida desde su estatura, con los tristes datos que las circunstancias le regalaban. Pero al menos se sentía protegida de algún modo, puesto que no se volvía loca, ni salía corriendo como yo a través del pasillo, y escaleras abajo con el firme propósito de atravesar campos y ciudades hasta hacer estallar de agotamiento al corazón.

Sin embargo, bastó que un transeúnte nocturno se cruzara en mi carrera para que la realidad se impusiera de nuevo en términos tan concretos que me maravillé de haber sido capaz de olvidar tantas cosas como para salir a la calle corriendo y desencajado sin pensar que de este modo ponía en gran peligro mi seguridad personal y la de mi familia. Tal reflexión logró asustarme, y por ello reduje aún más la velocidad de mis pasos para acompasar los movimientos respiratorios mientras que con la razón trataba de atajar el miedo. Bastaría, me dije, con dar un paseo, y sentir la madrugada en el fondo del bolsillo para que todo volviera a la normalidad; de este modo yo sería de nuevo el miembro de una familia que trataba de huir, y que más tarde o más pronto lo conseguiría. Entonces aprenderíamos un idioma distinto y andaríamos las calles de arriba abajo sin ningún temor. Y Jacinto se curaría, y yo iría contento y extrañado junto a mi gran amor, hablándole de cosas indiferentes, pero preparando poco a poco el camino para un día contarle algo de nosotros como justificación de mi carácter triste. Y entonces estos años de angustia no habrían sido inútiles, porque al final serían considerados por un testigo. Entretanto las calles se abrían a otras calles que a la dura luz del amanecer me mostraban su corazón de cáscara de plátano y sus vísceras alimentadas de toda aquella suciedad que las necesidades humanas fabrican día a día, y que los traperos comenzaban a cargar en sus carros para venderlo al día siguiente, o para abonar tres palmos de tierra, de manera que se cumplieran así las leyes del eterno retorno, cuyo proceso era simplificado de un modo notable por algún perro o niño famélico de la familia traperil al comer directamente de los grasientos cubos de basura. Todas esas calles malolientes y rotas eran el centro de Madrid, una enorme ciudad con los huesos quebrados. Me habría gustado conocerla, recorrerla contigo para que me nombrases los nombres de las piedras y los sitios en donde habías apoyado las manos en tus frecuentes viajes a la capital. Pero Madrid, pensaba, estaba destinada a ser en mi memoria el nombre de algo que nunca sucedió. Tiempo atrás tuve la oportunidad de venir contigo, pero mamá, que era una mujer posesiva y cruel, te hizo responsable de las desgracias que pudieran acaecerme, y tú no te atreviste a cargar con tal responsabilidad ante ella. ¿Quién nos iba a decir que al final acabaríamos por venir todos y en tales condiciones? Un letrero me anunció que estaba ya a la altura de la calle Pozas, y que no debía aventurarme a seguir bajando. Recordaba las recomendaciones que le hacías a mamá cuando bajaba a hacer la compra: «Procura no pasar de Pozas, porque la siguiente es San Bernardo y hay mucho guardia por esa zona».

Me di la vuelta e inicié el regreso ya mucho más tranquilo, pero envidiando en su miseria a los hombres que aún aturdidos por el sueño salían de los portales como las ratas de sus madrigueras a ver qué les deparaba el día, un día más que, como dicen, aunque no hubiese amanecido. Cuando llegué al portal era casi feliz. Se me hizo evidente al apoyar mi mano sobre la gran puerta de madera y sentir su contacto a lo largo de los dedos. Atravesé el espacio vacío hasta la escalera sintiendo el suelo a través de los zapatos; y justo en el momento de iniciar la subida me acordé de tu fiebre, y crucé los dedos al tiempo que escondía la mano en el bolsillo.

Mamá me abrió la puerta con gesto de preocupación y yo me apresuré a pedir disculpas sin mirarla de frente, para evitar que sus ojos arruinaran mi recién conseguida plenitud física. En el pasillo me crucé con la pequeña Rosa, que jugaba a no pisar las rayas de los baldosines. Tal vez había olvidado el incidente de la madrugada, o tal vez mamá le había contado ya alguna mentira sobre la cuestión; el caso es que no me prestó ningún interés. Cuando llegué a tu alcoba, te encontré despierto y te pregunté, señalándola con la mirada, por el estado de tu herida. «Ahora, dijiste, no tengo fiebre; pero habrá que esperar a la tarde para cantar victoria. Doler, duele.» Me senté en una esquina de la cama y te miré la expresión. «¿Quieres que te afeite?» Negaste con un leve movimiento y me aguantaste la mirada unos segundos. Te iba a preguntar que qué te había ocurrido, pero temí que la respuesta me comprometiera de algún modo. Por el momento cuanto menos supiera, menos obligado estaría a comenzar una actuación personal, que mi carácter enfermizo habría sobrellevado con grandes dificultades. «De todas formas, me dijiste, he conseguido algo de dinero.» Pero yo tampoco quería saber nada acerca del dinero por la misma razón que acabo de explicarte, de manera que mi presencia frente a ti se hacía a cada momento más insoportable. Pero tampoco encontraba la manera de salir de tu alcoba sin dejarme en ella la dignidad por no haberte hecho las preguntas que tal vez tú esperabas y que habrían supuesto mi ascenso inmediato a responsable silencioso de la familia y de la huida. Por fin, en un momento de cariño o de remordimiento, te acaricié la pierna a través de la manta y provoqué tu llanto, y era el llanto de un hombre roto, que no sabía cómo justificarse a sí mismo y a sus congéneres ante un hijo de futuro tan incierto como el mío. Huí de aquel infierno de dos conciencias que no quieren herirse con la excusa de mi agotamiento, y recordándote de un modo estúpido que no te preocuparas, que ya hablaríamos por la tarde o al día siguiente. Conseguí llegar a mi cuarto —casi en el otro extremo de la casa— sin tropezarme con mamá, y lentamente me acosté vestido en la creencia de que la luz del día y los ruidos de las casas vecinas no me dejarían dormir. Pero a los pocos minutos el agotamiento me venció, y apenas me di cuenta de que alguien entraba en el cuarto para descalzarme y para darme un beso en la frente con la esperanza, sin duda, de que yo no estuviera tan dormido como aparentaba.

En las últimas horas no he parado de escribirte, padre. Temo que al dejar el lápiz suceda una catástrofe. Además, esto ha crecido ya lo suficiente como para frenarlo ahora. Por otra parte, lo que vaya a ser de mí no puede estar muy lejos, y comienzo a sentir la molesta sensación de haber olvidado alguna cosa. A veces no sé cómo continuar, y entonces me muerdo las uñas de la mano izquierda, sin dejar por eso de amenazar la cuartilla con el lápiz que tengo en la derecha. Cuando estos intervalos se prolongan pienso en cosas que nada tienen que ver con esta carta, sino más bien con mi vida actual y, sobre todo, con las posibles formas de acortar mi futuro, ya que no creo poder modificarlo a estas alturas. Esta mañana, por ejemplo, me coloqué en la sien, a modo de una pistola, el lápiz de escribirte; y en el momento justo de apretar el gatillo sentí una terrible nostalgia que me ha emponzoñado el día, pues me ha obligado a pensar en la posible relación entre la nostalgia y la moral, relación que —en caso de existir— complicaría aún más las cosas y modificaría posiblemente mi destino. Pienso también si contándote tales cosas no hiero tu pudor, que te condujo siempre a evitar las confesiones íntimas con la misma fuerza con la que mamá trataba de provocarlas. Pero las circunstancias hacen que esto sea inevitable, pues la continua ausencia de testigos en los últimos tiempos de mi vida ha matado en mí al actor que todos llevamos dentro, y ya ante nadie tengo que fingir una dureza que nunca he poseído, y que en nuestra situación tampoco habría sido de gran utilidad.

Ahora ya las cenizas de la tarde se han sedimentado, y la noche me prepara unas horas de tregua, porque mientras los demás duermen o acumulan frustraciones, nada pueden hacer contra mí, que retomando el hilo de nuestro pasado soy despertado por el frío y adivino por el color del techo que he consumido mucho día. Entonces me levanto y haciendo uso del sentido del equilibrio doy unas vueltas por la habitación tratando de localizar los zapatos que mamá me quitó cuando empecé a dormirme. Y ya mis ojos los han visto asomando malignamente las punteras por debajo del armario, y ya llego, y ya me agacho y les doy captura sin que se produzca ninguna reacción violenta por su parte. Ahora han pasado algunos segundos, y estoy dolorosamente sentado en el borde de la cama rogándole a mis brazos que comiencen la insensata tarea de encajarlos en su sitio y de coronar la obra con una bella lazada, capaz de resistir el tiempo que las circunstancias me obliguen a deambular por el pasillo, hasta que al fin la noche elimine todos los problemas y nos conduzca con sus dedos de sombra al imposible sueño de un mañana mágico. Paralelamente, en otro nivel de mi conciencia, se discute la posibilidad de continuar con la cacería de prendas personales, retrasando en lo posible su captura con la colaboración de los miembros extremos que están formando un comité de lucha contra la división del trabajo, o bien llenarse de valor y salir de la alcoba para enfrentarme al hecho de que la fiebre ha vuelto con más energías que la tarde anterior a atormentar tu cuerpo. La impaciencia me decide por la segunda posibilidad, y entro en el pasillo ordenándome un poco los cabellos con la mano derecha, mientras que la izquierda ha comenzado ya a cruzar los dedos y a tocar disimuladamente la madera que le sale al paso, excepto la que forma parte del cuarto de Jacinto, colocándome en una difícil situación, ya que soy capaz aún de prever que tales ritos pueden acabar desquiciándome pero si no los realizara y al final del pasillo la situación fuera adversa, sería inevitable culpar de ello al orgullo que me hizo prescindir del rito. De cualquier manera el silencio que viene acompañándome comienza a ser presagio, y el olor de la fiebre me habría conducido hasta tu alcoba aun en el caso de ser un intruso, o un hijo que al final de los años y apremiado por la certeza de la muerte, regresa al laberinto para verle los ojos a su padre. De tal manera recorrí la casa y aparecí en la puerta de tu alcoba, donde la enfermedad había reunido en torno al miedo los resultados últimos y definitivos de un sinfín de congéneres, cegados ya por la tierra, a los que las costumbres y las leyes, después de hacerles creer en ambigüedades tales como amor, deseo o heroísmo, habían obligado a colaborar en la inacabable construcción de la ruina, cuyo espectáculo parcial me era dado contemplar y sufrir ahora en la persona de mamá, que sentada en el borde de la cama te colocaba sobre la frente unos pañuelos empapados en agua con la esperanza inútil de arrancarte la fiebre, mientras la pequeña Rosa sujetaba en sus manos el barreño en el que otros pañuelos flotaban, enfriándose, para sustituir en su momento a los primeros.

Se me informó que eran las seis de la tarde (un modo de reprocharme que había dormido todo el día), y que tu estado había ido a peor desde las cuatro y media. No obstante, era de esperar que en las próximas horas mejorases, gracias a los cuidados de mamá, que durante mi sueño había conseguido en una farmacia las medicinas adecuadas y te había limpiado otra vez la herida. Se me informó asimismo que en la cocina tenía a mi disposición los alimentos necesarios para reponerme del sueño, y enfrentarme así con energías a la segunda noche de tu enfermedad, pues la pasaríamos también de guardia para vigilar tu temperatura. A todo esto la pequeña Rosa permanecía atenta al barreño de agua, y su expresión no daba señales de extrañeza o angustia, por lo que supuse que ya mamá se habría encargado de ganarla para la causa con alguna historia en la que habría acentuado los aspectos sentimentales y dramáticos de la situación, para ocultar así la sordidez en la que desde hacía tiempo nos movíamos. Me marché a la cocina más triste que un armario, y allí mordisqueé mi pan junto al fogón y sentí que ya irremediablemente era un adulto y que en adelante no podría utilizar en mi defensa el desconocimiento de las leyes, quedando expuesto por lo tanto a ser torturado por mis semejantes o a adquirir cualquier enfermedad mortal, o a perder a mi padre de un modo terrible. Y el desamparo que me producía esta certidumbre era tal, que de inmediato comenzó a funcionar mi instinto de conservación, que me obligaba a disimular el espacio libre entre la parte de mi ser que soportaba los problemas actuales, y esa otra que reservaba sus energías para el futuro feliz, a cambio de recibir la protección precisa que me librase de las desgracias que amenazan a los adultos. Lo que, en definitiva, no era más que una claudicación, un pacto con lo establecido, pues cuando las circunstancias obligan al sujeto que las sufre a prolongar excesivamente el disimulo, se desequilibra asimismo la relación verdad-mentira, y ya no hay fingimiento, sino aceptación total, por más que la memoria evoque algunas noches como compensación a la mediocridad presente, pedazos de un futuro que jamás poseímos.

Aquella noche no opuse resistencia a la conversación de mamá, sino que incluso me encargué de provocarla con la confusa sensación de estar adquiriendo un seguro de vida. Y así ocurrió que, mientras la pequeña Rosa volvía a dormir o a estar despierta detrás de las cortinas floreadas y tú te despeñabas otra vez fiebre abajo, mamá y yo nos miramos los ojos a la luz de la vela dando comienzo al rito de mi iniciación, que habría de introducirme en los tristes secretos cuyo conocimiento me elevaría a la categoría de cómplice. Comencé por preguntar —con actitud de recién iniciado—. Y de esta manera me enteré, querido padre, de que no tenías en Madrid ningún amigo en situación de sostener a tu familia por tiempo indefinido, sino que habías salido de casa porque aquel día era el señalado para tomar contacto con quien habría de conducirnos ocultamente hasta la frontera y facilitarnos después el salto final; y que tu nerviosismo obedecía a las posibles complicaciones que podía proporcionarnos el estado de Jacinto. Pero sucedió que llegaste al lugar indicado y a la hora precisa, y allí no había nadie. Mamá me contaba la historia tal y como, según ella, se la habías contado tú el día anterior, y se complacía en insistir en los detalles angustiosos de tu espera. De esta forma me obligaba a verte en una calle húmeda inventando argumentos para justificar el retraso de tu enlace, mientras los minutos se deslizaban bajo el miedo y media hora se sumaba a otra media, y ya comenzaban a fallarte los nervios. Luego, cuando tu prolongada estancia en el mismo lugar comenzó a resultar sospechosa para los habitantes de las casas vecinas, tuviste que cambiar de sitio para darle otra hora de tregua a la desesperación.

Pero quien fuera no pudo llegar. Y cuando alcanzaste la evidencia de que seguir esperando no sólo sería inútil, sino también peligroso, te marchaste de allí sin saber qué hacer, pues acababa de quebrarse la última posibilidad de salvar a tu familia de la catástrofe y del dolor. Los primeros momentos —siempre según la narración de mamá— debieron de ser terribles, sobre todo si tenemos en cuenta tu falta de carácter, tu pobreza de reflejos, y tu poca capacidad de respuesta en las situaciones difíciles. Pero a las dos horas de estar andando sin rumbo fijo el instinto de conservación comenzó a enviarte soluciones más o menos descabelladas que tú aceptaste como buenas no porque lo fueran, sino porque necesitabas del engaño para volver a casa. Y ya reconfortado con un nuevo plan, cuya realización, como todos tus proyectos, no se refería al futuro inmediato, sino que dejaba un margen de ensueño de varios días, decidiste robar el dinero que nos mantuviera el tiempo necesario hasta ponerlo en práctica. Me pregunto ahora en qué podía consistir ese nuevo plan, pero mamá no me lo mencionó, y yo no me atreví a preguntárselo. El caso es que te dio fuerzas para robar, y robaste, pero tuviste que correr y ser perseguido e insultado, y —aunque no consiguieron darte alcance— te acometió tal depresión al final de la huida que, enloquecido, llegaste a un descampado solitario, y allí te golpeaste hasta que la rabia ante tanta impotencia se tornó en sangre y en dolor físico. Cuando te volvió la razón, tu estado era tan penoso que te fue muy difícil regresar a casa sin llamar la atención de la gente.

Al llegar a este punto de la narración, mamá comenzó a sollozar, y yo la consolé como un hijo, no porque sintiera deseos de hacerlo, sino porque de esta forma le daba más importancia a su llanto, colocando así en un segundo plano tu propio dolor, que era el que de verdad me atormentaba. Luego pasaron unos minutos de silencio que yo aproveché para tocarte la fiebre de la frente y para comprobar si la pequeña Rosa dormía. Después volví a sentarme, y se apagó la vela. La oscuridad era absoluta. Entonces mamá me cogió la mano al tiempo que decía hijo mío, hijo mío, y yo comencé a ponerme en guardia porque ese preámbulo prometía otra historia. Pero volvió a callar unos minutos, de manera que yo me descuidé y consiguió cogerme por la espalda con el mismo argumento de la noche anterior: «Lo peor de tu padre es que ha vuelto siempre contra sí mismo el odio que sentía por los demás; le faltan arrestos para vivir y sacar adelante a los suyos». No contesté aun sabiendo que tal actitud podía suponer mi aceptación, pero cómo explicar toda la vergonzosa mentira de tal afirmación a alguien de la naturaleza de mamá, que jugaba con las palabras con la malicia con la que un niño jugaría con una pistola. Continuó mezclando las palabras de ese modo el resto de la noche, y yo continué mordiéndome la lengua de forma que el amanecer sorprendió ante la cama del enfermo a una madre reconciliada con su hijo —y consigo misma por tanto— y a un triste ser ganado ya definitivamente para el miedo, es decir, ingresado en el mundo de la ley y de la costumbre. Entonces te tocó despertar y te besamos y tú dijiste: «Esto no va bien». Mamá te animó mostrándose más fuerte que nunca y habló de la conveniencia de que desayunases antes de descubrirte la herida para practicar otra cura. Tú no opusiste resistencia, y ella se fue a la cocina recomendándome que preparase las cosas para asearte un poco.

Pero al quedarnos solos me llamaste a tu lado, y después de un preámbulo que no era necesario, en el que mencionabas mi edad e insistías en nuestra difícil situación, me encomendaste mi primera misión de adulto: Había una mujer que había sido tu compañera cuando estuviste destinado en Madrid. Nunca habías pensado en recurrir a ella para evitar que mamá sospechara lo que hubo entre vosotros, pues no lo entendería; pero ahora que las cosas se habían puesto tan mal (no creías que la infección de tu oreja cediera fácilmente), yo debería ir a verla, porque si estaba en posición de ayudarnos, lo haría con toda seguridad en nombre del recuerdo. Me escribiste una dirección y un nombre (se llamaba Bárbara) en un trozo de papel, y me mandaste coger dinero de tu chaqueta para un taxi, ya que no conociendo Madrid me resultaría difícil llegar de otro modo. Debería ir esa misma mañana (ya veríamos sobre la marcha el modo de justificar mi ausencia ante mamá), pero si me abriera la puerta de su casa un hombre, yo debería decir que me había equivocado y regresar inmediatamente. Recalcaste demasiado esto último y yo no lo entendí. Ella era alta, esbelta (dijiste esbelta), con el pelo largo y plateado. Tendría ahora unos cuarenta y cinco años, aunque aparentaba menos. Donde más se le notaba la edad era debajo de los ojos. Le diría que era hijo tuyo (le habías hablado de mí con frecuencia), y luego le expondría muy someramente nuestra situación, sin especificar, sobre todo, la enfermedad de Jacinto ni entrar en detalles en cuanto a la tuya. Le contaría que habías acudido a ella porque no sabías a quién recurrir, pues imaginabas que en Madrid no quedaría nadie de los conocidos, ni siquiera creías que ella siguiera en el mismo sitio aun en el caso de que no hubiera tenido ningún problema. Ibas a continuar hablando pero entró mamá con el desayuno y me hiciste con los ojos un gesto de inteligencia.

Me levanté y estirando mecánicamente las sábanas de tu cama anuncié que esa misma mañana saldría para intentar localizar un médico que te viera la herida sin delatarnos. Mamá dijo en seguida que tal idea era un disparate, pues sin conocer a nadie lo más probable era que me equivocara y nos metiésemos en un lío. Pero tú expresaste la seguridad de que en cualquier caso mi prudencia no nos comprometería, y ella abandonó la discusión con un gesto de no creerse la historia del médico. Pero la coartada estaba hecha, y cumpliría su cometido independientemente de que fuera creída o no. Recuerdo que me felicitaste con una mirada.

Como aún era muy temprano, consumí la mañana desayunando despacio y esmerándome en algunos detalles de mi aseo personal. Estaba todavía sorprendido por el nuevo descubrimiento de tu vida amorosa, y el hecho de ir a entrevistarme con tu amante me enervaba hasta el punto de que, sin darme cuenta, iba poco a poco convirtiéndome en ti. Quiero decir que las frases y

gestos que preparaba para el encuentro con Bárbara no eran las del hijo del amante, sino las del
amante mismo que ha sufrido separación forzada y vuelve al cabo de los días con el rostro cambiado por los acontecimientos del intervalo y
con la esperanza-temor de no ser reconocido totalmente, al tiempo que con la intención —en el
fondo maligna— de encontrar a la amada en
perfectas condiciones de gesto y de palabra, para
que esa falta de alteración y de existencia, por
tanto, justifique la catástrofe personal más próxima al encuentro y nos prevenga de una precipi-
tada creencia en el amor. Pensaba ya en sus ojos
y en la manera en que éstos recorrerían mis manos y mi rostro en busca de los cambios sufridos
en el intermedio. Mi rostro (continuaba haciendo el papel de amante, el tuyo) había cambiado
algo desde entonces: tenía gestos nuevos y gestos antiguos deformados hasta la novedad. También había surcos que entonces eran una línea fi-
nísima, una sombra. Y las manos habían perdido
la seguridad aquella que las caracterizaba, y ahora tocaban con temor —y eso cuando tocaban—,
pues lo normal en ellas era permanecer cerradas
como dos herramientas, cuya misión es funcionar,
ser útiles, pero no producir placer. Ella me mira-
ría a los ojos y utilizaría un lenguaje y una sonrisa química, mientras daba tiempo a su corazón

para encontrar a través del rostro nuevo y de los gestos diferentes al hombre que en otro tiempo había amado hasta el punto de soportar su separación.

No quiero aburrirte demasiado con esta historia, padre. No sé cuántos nuevos ingredientes añadí a la situación ni hasta qué punto el proceso de identificación contigo era inconsciente o provocado; pero en todo caso debes comprender que ello no era más que el resultado no ya de mi soledad, que era la nuestra, sino de la creencia de que tal soledad era una mutilación forzada por las circunstancias, lo que me empujaba a establecer distancias entre lo que era y lo que debería ser; actitud, como ves, moralizante y neurótica que de algún modo he heredado de ti y que ahora trato de asumir a la vista de que me será imposible destruirla. Pienso que lo que nos ha impedido vivir ha sido en parte esta actitud, pues es bien cierto que si nuestra situación nos tenía cerrado el paso a muchas posibilidades, nos lo había abierto, sin embargo, a otras de orden diferente que ni siquiera vimos, empeñados como estábamos en acentuar nuestra personalidad de perseguidos, como si no lo fueran también en cierto modo aquellos que creían circular libremente por la calle. Y aún hoy, a pesar de ser consciente del error, me entretengo en escribir como viviría en lugar de intentar vivir como escribo; lo que en definitiva viene a demostrarme que albergo una contradicción por el momento indisoluble.

El caso es que con estos juegos entre tu identidad y la mía la mañana avanzó hasta que la hora se hizo prudente para presentarse en casa ajena. Me despedí de ti con un beso (te habías afeitado y no mostrabas mal aspecto, si exceptuamos el vendaje que te cubría la oreja), y luego fui al cuarto de baño, donde mamá estaba peinando a la pequeña Rosa, para despedirme también de ella. Me miró un poco enfurruñada, como si la estuviera ocultando algo, y me recomendó que tuviera cuidado.

Bajé a la calle y al poco rato pasó un taxi cuadrado y feo dando saltos por el empedrado irregular. Intenté detenerlo con un gesto de seguridad, pero apenas si moví el brazo por miedo a que alguien me estuviera observando. Por fortuna el taxista paró de todos modos, porque me había visto la expresión de la cara. Una vez dentro del coche le enseñé el papel donde tenía escrita la dirección e inmediatamente me arrepentí de este gesto que delataba mi falta de seguridad. Pero —como suele ocurrir en estos casos— ya no era tiempo y me quedé a medias acentuando aún más mi bobo aspecto. No obstante el coche aquel acabó por salir y yo me puse cómodo para ir mirando a través de la ventanilla. En seguida comencé a sudar. El jersey me agobiaba demasiado y sentía la camisa empapada y sucia, pegada a mi cuerpo. Atribuí el sudor al cansancio causado por la noche de guardia, y me concentré en las calles, que parecían viejas y malolientes, como si debajo de cada adoquín se ocultara una rata. De mis sobacos subía un intenso olor a podrido que me era difícil evitar dada mi postura. Por un momento temí que el conductor, aprovechándose de mi ya demostrada ignorancia, estuviese dando vueltas para alargar la carrera. Luego empecé a notar las gotas de sudor, que surgiendo de los sobacos se deslizaban por mi cuerpo hasta que el borde de la camiseta las frenaba. Apoyé la cabeza y se me cerraron un segundo los ojos. Algunas calles parecían desiertas y el cansancio las convertía en pesadilla. Cada vez que miraba el retrovisor me encontraba con los ojos del taxista, que me observaba como un policía. Tuve miedo y después se me volvieron a cerrar los ojos. El resto del viaje fue una lucha continua por mantenerme despierto y por aparentar naturalidad ante los ojos que el retrovisor reflejaba. Al fin llegamos a una intersección de cuatro calles, en la que un guardia con casco blanco dirigía una circulación irregular y maltrecha. El taxista paró el taxi en una de las esquinas y me mostró el portal con un gesto. Le pagué y creo que le di una propina exagerada, como si le estuviera sobornando, y él, que no sabía nada del asunto, se limitó a sonreír; entonces me di cuenta de que tenía unos enormes bigotes, que un policía jamás se habría atrevido a llevar, aun en el caso de disfrazarse de taxista. El portal estaba justo en la esquina. Era un portal enorme y amenazador, pero entré sin ningún rodeo para no parecer sospechoso con mis vacilaciones a cualquier posible espectador. Me felicité por mi arrojo y porque la garita del portero estaba vacía, e inicié la subida de los tres pisos por una escalera destrozada, que iba perdiendo luz con la altura. Un tramo antes de llegar al tercero me paré para acompasar la respiración y para retirarme el sudor de la cara. Ahora también me sudaban los pies a pesar de que los calcetines de cuerda —mamá decía lana— estaban rotos por el talón y por los dedos. Me sentía grotesco y sabía que esta sensación acabaría por anularme ante la presencia de Bárbara, que a lo mejor se avergonzaría de haber tenido un amante capaz de engendrar tal hijo. Pero la cosa ya no tenía solución, y subiendo con rabia fingida el último tramo me dirigí directamente a la puerta y pulsé el timbre, que sonó como un desagüe obstruido. Hubo unos segundos de pausa e inmediatamente algo se puso en movimiento en el interior. Me vino otra oleada de sudor, pero la aguanté a pie firme, mientras componía el rostro y estudiaba mis posibilidades estratégicas, que sin duda eran favorables, pues —debido a la oscuridad de la escalera— quien abriese la puerta tardaría unos segundos en verme la cara, mientras que yo le vería la expresión desde el primer momento. Los pasos se detuvieron ante la puerta y durante unos segundos más me sentí observado a través de la mirilla de latón. Después sonó el cerrojo y un hombre despeinado y con barba de varios días me preguntó que qué quería entreabriendo la puerta. Dije el nombre de ella y añadí de parte de quién venía, sin mencionar que era hijo suyo. El hombre me mandó esperar y desapareció. Recordé tu recomendación de que me fuese con cualquier excusa si me abría un hombre, y me alegré de no haber tenido la suficiente soltura como para fingir un error porque después de todo ella se encontraba allí y yo estaba seguro de que nos ayudaría, por lo que por un momento me sentí alegre y confiado. Adentro se oían unas voces. La de ella era suave y tranquilizadora, y yo le fabriqué una imagen. En seguida volvió el hombre. Ahora me di cuenta de que llevaba una chaqueta de pijama muy arrugada. Me dijo que bajara a la calle y que esperase en un bar que había en la esquina de enfrente, que Bárbara iría allí en seguida. Le di las gracias e inicié el descenso con soltura, evitando con pequeños saltos las irregularidades de la escalera. Las cosas no iban tan mal después de todo. Crucé la calle sin ningún temor de que el guardia me siguiera con la mirada y entré en el bar indicando con el aspecto casi de un vividor que acabara de levantarse de la cama. Frente a la barra había unas mesas pequeñas de madera desde las que —a través de un amplio ventanal— se divisaba la calle y el portal de ella, que estaba justo enfrente. Yo me senté allí de espaldas a la puerta porque frente a mí había un gran espejo con el que mi vista dominaba todo el bar, incluida la puerta. De esta manera la vería salir de su casa, cruzar la calle y entrar en el bar buscándome con la mirada. Se me acercó el camarero con un delantal blanco en un estado lamentable y le pedí una cerveza. Pensé que tal vez Bárbara hubiese interpretado que eras tú mismo quien habías preguntado por ella y que por lo tanto te buscaría a ti. En ese caso mi ventaja sería mayor, pues podría observarla aún durante los primeros segundos de desconcierto y conseguiría de este modo dominar la situación desde el principio. El camarero volvió con mi vaso de cerveza y regresó a su rincón arrastrando los pies. La barra, a mi izquierda, estaba vacía. En la calle un ángulo de sol daba más muerte que vida al paisaje. Al guardia se le notaba aburrido y por un momento temí que se le ocurriese acercarse al bar a tomar algo. Yo no quitaba la vista del portal mientras interiormente repasaba mi papel. Estaba excitado, pero el sudor había remitido y me sentía más presentable. De todos modos, no intentaría enamorarla ni conmoverla siquiera. Le contaría los hechos tal y como eran, pero con rostro imperturbable; no sin expresión, sino con expresión contenida. Y ella, inmediatamente, pagaría mi cerveza y me llevaría a su casa o a casa de alguien para conseguirnos un nuevo contacto con el que continuar la huida. No obstante, la operación no se realizaría en seguida (habría que esperar a que tú estuvieses bien y luego a que el momento fuese propicio), y entretanto ella y yo nos veríamos con frecuencia para arreglar todos los detalles, sin poder evitar que entre nosotros —y a causa en parte de la diferencia de edad— comenzasen a cruzarse miradas de ternura y desamparo, que acabarían por conducirnos —al filo casi de la despedida— a una habitación de cortinas enormes, en donde una tarde cualquiera fabricaríamos una noche de seis horas, que marcaría para siempre nuestro recuerdo. Y ella pagaría también aquella alcoba, de manera que yo siempre la recordara en aquel gesto de destrucción para no hacerme ideas falsas en cuanto al aislamiento. Recuperé por un momento la razón para dar un sorbo de cerveza, y vi que una cucaracha enorme y poco ágil atravesaba con dificultad la mesa en dirección a mi vaso. Me contuve y miré al camarero, que desde su rincón esperaba con expresión divertida el momento de mi sorpresa. Puse cara de disgusto y barrí a la cucaracha de un soplido. El camarero miró hacia otro lado y en ese momento entró en el bar un hombre alto, que se apoyó en la barra y pidió un café a voces. Volví a mirar a la calle; la circulación había aumentado y el guardia se empeñaba en dar la sensación de estar agobiado por el trabajo. El ángulo de sol había cambiado de sitio y una niña se entretenía con él dando saltos de extremo a extremo de la sombra. Entonces volví a mirar el portal y ella salió arreglándose el pelo, pero no cruzó inmediatamente, sino que se acercó al borde de la acera y me dio la espalda para hacerle una seña al hombre de la chaqueta de pijama que la miraba desde una ventana, lo cual acabó por confirmarme, sin ninguna duda, que esa mujer era Bárbara. En el centro de la calle había un camión parado y junto a él, pero hacia mi lado, de forma que ella no podía verlo, un taxi negro con una franja roja. Bárbara se dispuso a cruzar en el momento mismo en el que el guardia les mandaba reanudar la marcha a estos dos vehículos. El conductor del camión, dándose cuenta de la intención de la mujer, que había iniciado una pequeña carrera, frenó su marcha para darle tiempo a sobrepasarle. Pero el del taxi, ajeno a todo, pues no podía verla, arrancó con fuerza y se la encontró de improviso saliendo por delante del camión. Yo estaba paralizado. Oí el golpe y luego el chirrido del freno. Cuando abrí los ojos otra vez, la vi a dos metros del coche, tendida sobre el empedrado irregular de la calle. Tenía la falda levantada hasta las rodillas. Por entre los pelos alborotados comenzaba a aparecer una mancha roja que en seguida veló su rostro. La calle —que hasta ese momento parecía desierta— comenzó a llenarse de curiosos. El camarero y el hombre del café también salieron sacudidos por el inesperado accidente, que les libraba por el momento de la rutina y el cansancio. Me quedé solo a la espera de tomar una resolución. Miré a la ventana del tercer piso y vi al hombre del pijama que un momento antes había respondido sonriendo al saludo de ella; estaba paralizado y refugiaba su sorpresa con un extraño gesto, cuya visión no pude soportar. Comencé a sentirme culpable de todo el asunto y me decidí por fin a salir a la calle para averiguar la gravedad del accidente. Me abrí paso con desesperación entre los curiosos hasta llegar a la primera fila. Estaba agachado junto a ella un hombrecillo que se suponía que era médico y que la inspeccionaba minuciosamente, mientras el guardia del casco blanco trataba de ensanchar el círculo a golpes de porra. Al fin el hombrecillo emitió su diagnóstico: «Ha sido un golpe de mala suerte; está muerta». De entre los curiosos salió un murmullo sin significado. El hombrecillo se levantó con cara de circunstancias y cuchicheó algo con el guardia. El círculo continuaba expectante. El guardia asintió con ligeros movimientos de cabeza al médico y, por fin, volviéndose a la multitud con cara de albergar un secreto, preguntó si alguien conocía a aquella mujer. Hubo unos segundos de silencio y a continuación una mujeruca, que estaba frente a mí con un bolso de tela desflecado y viejo entre las manos, llamó la atención del guardia y le señaló la casa de la esquina al tiempo que le decía algo que no pude entender. El guardia miró al portal con un gesto autoritario y después ascendió la vista hasta la ventana donde continuaba el hombre sin afeitar. La multitud siguió la trayectoria de esta mirada y en seguida ya estábamos todos observándole, lo que sin duda le hizo reaccionar y se retiró hacia el interior. Entonces el guardia dio instrucciones al médico para que cuidase de que el cadáver no fuese movido y él inició una marcha lenta y severa hacia el portal de la esquina seguido de una caterva de gente con el corazón destrozado, pues se habían visto en la angustiosa situación de elegir entre continuar con el espectáculo de la muerte o seguir al guardia hacia la nueva aventura. Entre estos últimos estaba yo, pues mi única esperanza era conseguir ayuda de ese hombre que —ahora se me ocurría— tal vez era el marido o el amante de la que amaste tú y con la que yo había soñado una triste aventura. Forcé un poco más mis pasos para colocarme junto al guardia, de forma que no me perdiera nada de la conversación que habría de mantener con el pariente de la víctima, sin pensar en el peligro que podría entrañar el que éste me señalara a mí diciendo que la muerta tenía una cita conmigo. A nuestra espalda se oían ahora los gritos del taxista, que decía entre sollozos: «La he matado, la he matado». El guardia se revestía de gravedad según nos acercábamos a la casa, y yo comenzaba ya a temer el encuentro cuando de súbito apareció en el portal el hombre que íbamos a buscar. Se había puesto urgentemente una chaqueta sobre la prenda de dormir y se abrochaba aún el cinturón de los pantalones, cuando reparó aterrorizado en el grupo que se le echaba encima.

Se quedó indeciso unos segundos en el límite mismo del portal. Luego me miró de un modo extraño y emprendió una veloz carrera en dirección contraria a la nuestra. Entonces comprendimos que éramos sus perseguidores, y el guardia, que ya veía relucir el brillo de la condecoración, arengó a la multitud y salió tras él dando la alarma general con el pito de dirigir la circulación. Todos los hombres disponibles se sumaron a la empresa, y yo me quedé desamparado entre las mujeres, que lanzaban opiniones a una velocidad sorprendente. Comencé a caminar en cualquier dirección aterrorizado por el nuevo espectáculo y acordándome de que había salido del bar sin pagar la cerveza, lo que añadió aún más angustia a la situación, pues imaginaba al camarero buscándome por todas partes para denunciarme. De manera que paré el primer taxi disponible y me fui a casa con la decisión de ocultarte todo cuanto había sucedido. Te diría que Bárbara ya no vivía allí y que tampoco supo darme razón de su nuevo domicilio el habitante actual de la casa.

Regresé en otro taxi, como digo, con tal abatimiento que cuando mamá me abrió la puerta ni siquiera me preocupé de decirle algo coherente. Ella actuó con discreción y no me sometió a ningún interrogatorio, porque preveía sin duda por mi gesto que podría mandarla lejos si me acosaba demasiado. Luego fui a verte a ti y te dije que no había localizado a la mujer, de forma que habría que pensar en otra situación. Tú te diste la vuelta y yo me fui a dormir. Sólo que, cuando apagué la luz, se me abrieron los ojos y los objetos de la habitación que acumulaban sombras comenzaron el juego de las deformaciones. Así, el armario se movía al ritmo de mis ojos como gelatina negra y así se me acercaba y cubría mi cuerpo añadiendo más capas de oscuridad a mis sentidos exteriores, lo que me obligaba a replegarme más y más sobre el punto de gravitación de mis pensamientos, dando lugar en su transcurso a una de esas visiones insoportables sobre mi propia vida, una de esas visiones que me muestran estéril y me enloquecen en la búsqueda inútil de un hijo que jamás tendré y que, por lo tanto, permanece ajeno a mis sufrimientos, lo cual, por otra parte, tiene su compensación, pues también de esta forma yo evito los suyos, aunque de un modo bien triste, por cierto. Pero tal vez no haya una forma de eliminar el sufrimiento que no suponga la eliminación misma del ser que lo posee. Y si esto puede decirse de un ser en potencia no creo, sin embargo, que pueda decirse también de mí. Pues en las lentas horas que paso encerrado en este agujero con el corazón siempre en la garganta, con el vientre oprimido por el temor a todo, he meditado largamente —interrumpido tan sólo por los gritos de las hembras— sobre mi vida, y aunque no he llegado a conclusiones muy firmes, sí he averiguado, por ejemplo, que la alternativa a este mar de calamidades no es la muerte provocada (a menos que el proceso para llegar a tal situación fuese tan natural como la vejez y la pérdida gradual de los sentidos), sino más bien un modo de vida diferente. Lo que ocurre es que mis facultades están ya muy mermadas y sólo presto oídos a la tristeza, por lo cual he quedado prácticamente eliminado de la lucha por la consecución de esa otra vida diferente de la que te hablaba y a la que tú también creíste en otra época que ibas a tener acceso. Pero ya ves cómo los ciclos se cumplen y las generaciones se suceden sin que llegue a nuestros sentidos otro olor que no sea el de la descomposición misma de la ruina que nos viene trabajando y a la que incluso hemos llegado a amar en cierta forma, pues, si no, cómo explicaríamos el cariño que siento por vosotros, que no sois sino vestigios de un modo de vida triste y ruin como sus resultados y asentado sobre la debilidad y el fracaso de cada uno de sus miembros, y cómo explicaríamos también (si no es cierto que amamos el olor de la ruina) el aprecio que siento por mí mismo, que no soy más que un cobarde repleto hasta los bordes de taras adquiridas casi por propia voluntad para ocultar el miedo que me invade cada vez que he de mover el cuerpo. Y no es menos cierto que en nuestro desvarío hemos llegado incluso a la creencia de que de tal descomposición —por oponerse en su evidencia a la descomposición oficial— podría surgir la mano que limpiara un día el amor que sentimos por la muerte, pues mientras nos amemos como nosotros lo hemos hecho, no amamos otra cosa que la muerte. También del mismo modo podríamos hablar de estos papeles que cada día crecen, y en su crecer van perdiendo el sentido y la utilidad que yo les había asignado, pues lo que quiso ser un ardid para recuperarte de manera distinta a como nos tuvimos, ya no es más que un monólogo sin pudor, en el que lo inconfesable inunda de principio a fin cada hoja de papel, como un pozo negro que se desborda llegando con su mal olor hasta los límites del ambiente que me vive. Y ya en cada palabra que escribo o que borro para rectificar el sentido, con la ilusión de dominar el discurso de las frases, no hago sino tratar de afirmarme, lo que en definitiva no hace sino denunciar mi inconsistencia, porque si de otro modo fuera, ya habría arrojado las cuartillas al interior de las jaulas, para que ellos se entretuvieran mientras las hembras paren. Y ya habría salido a la calle a molestar a los transeúntes o a disfrutar de lo poco que se pueda disfrutar ahí afuera, de manera que el fin de las cosas me sorprendiera paseando con una brizna de hierba entre los dientes, y con una melodía en la garganta. Pero ya ves mi enfermizo empeño en no vivir, pensando que tal vez así moriré menos, lo cual no es sino una reminiscencia cristiana, que a tu pesar he heredado del estado general de las cosas. Y me empeño en decir que mi vida no habría sido diferente en otras circunstancias, porque mi tristeza es cósmica y no particular. Y así, poniéndole adjetivos a mis taras, me voy justificando mientras la tarde acaba; y sé que ahora la habitación es así, y que me quedan unas horas para iniciar el paseo por este sótano en que vivo (a través de la ventana no veo más que las piernas de los escasos transeúntes), y que más tarde será de otro modo, y entonces yo pondré mi cara a la altura de las jaulas, porque por la noche suelen atacarse, y me hacen sentir un extraño placer con sus peleas. Más tarde me pondré sobre la cama atravesándola diagonalmente y soñaré contigo. Después el cuarto estará otra vez con luz y será de nuevo por la mañana. Entonces me vestiré con seriedad y saldré a comprar provisiones para unos cuantos días: pan, queso y leche. No necesito más para las energías que consumo, y de este modo el dinero se alarga, y tenerlo ahí escondido me produce la misma seguridad que si tuviera una pistola o un veneno de efecto rápido.

Pero cojo de nuevo el hilo de la historia, pues no quisiera darte antes de tiempo los datos del presente, que me han colocado en esta situación en la que el transcurrir del tiempo ocupa el lugar que en la vida de los otros ocupan los hechos cotidianos. Y así recuerdo que desperté aquel día para saber que todo continuaba igual: por la tarde te había subido la fiebre, y ya no dejaría de martirizarte hasta el fin de la madrugada, como el día siguiente, como en los días sucesivos. Entretanto mamá y yo te vigilaríamos juntos hasta el amanecer, y aquellas noches me sirvieron al menos para recuperar en versión de mamá los años anteriores a mi nacimiento. Así fue como perdí gradualmente el miedo a las conversaciones íntimas, y así fue como te vi, padre, cruzando los umbrales de tu juventud con ojos desconfiados, temibles. Te adiviné oliendo el aroma de las tardes de tu adolescencia y había en tus manos y en tu rostro gestos tan parecidos a los míos, que me era imposible no alterar el orden de las cosas. Entonces te sentía como un desprendimiento de mi ser, convirtiéndome de esta forma en tu causa y a ti en mi resultado. Y si vieras con qué facilidad elaboraba las malintencionadas palabras de mamá para recuperar tu verdadera imagen, comprenderías tal vez cómo mi amor te ha perseguido siempre, aunque el tono de voz o la mirada o la división incluso del trabajo (nunca pude mirarte como si fueras mi madre) hayan oscurecido la necesidad que siempre tuve de tus brazos, de tus mejillas también y de tus besos. Una noche te vi abriendo una puerta de madera; te entretuviste en el umbral para ver si continuaba allí la marca que un día hicieras con un hierro, y luego te adentraste en los olores familiares. Era la casa de tus padres. Tú tenías veintiocho años estériles y te angustiaba tanto la edad que subiste en el primer tren para ir en busca de tu padre y preguntarle qué debías hacer con tu vida. Pero tu padre no entendía algunos gestos de los seres humanos y se limitó a preguntarte que por qué habías cogido las vacaciones en mitad del invierno. «No estoy de vacaciones», respondiste. Tu madre preparaba la cena y olía sin duda la tormenta. Tú palpaste el banco de madera sobre el que estabas sentado; era el mismo de siempre. Miraste —ya casi a punto de llorar— la cabeza pequeña de tu madre que, de espaldas a ti, atizaba el fuego y distribuía las perolas sobre la gran plancha de hierro. Tu padre preguntó si te habían echado del trabajo o si estabas enfermo. «No es eso, padre», respondiste. Entonces tu padre hizo un gesto de autoridad y te lanzó un discurso sobre la vida y sobre la actitud adecuada para superarse y llegar a ser alguien. Le respondiste con las últimas fuerzas que no tenías un interés especial por ser alguien. Entonces te reprochó tu falta de ganas por crear un hogar, amenazándote con una vejez triste y solitaria si no seguías pronto el ejemplo de tus hermanos y buscabas una mujer con la que engendrar hijos que te recogiesen en su casa cuando ya no pudieses con tu cuerpo. Entonces tú te echaste a llorar sobre la gran mesa de madera y tu padre salió de la cocina. Tu madre fue corriendo a tu lado, y abrazándote comenzó a murmurar: «Hijo mío, hijo mío». Afuera, era el campo y las estrechas calles de tu infancia. Cuando cesó tu llanto, tu madre subió al piso de arriba para prepararte la alcoba, mientras tú te jurabas en vano que jamás volverías a aquella casa. Antes de acostarte subiste al desván para tentar los objetos y las paredes, que ahora te venían pequeñas, en busca de tu infancia. Luego dormiste mal, y luego saliste al amanecer —como un ladrón— y regresaste a la capital en el primer tren. Pocos días después conociste a mi madre, y estuviste varias horas hablándole de tu falta de sosiego interior y de la estéril visita a la casa de tus padres. Ella no dijo nada, y su gesto era tan ambiguo, tan pobre de expresión, que se podía interpretar de cualquier modo. Tú preferiste interpretarlo a tu favor y comenzaste a amarla. Luego te casaste con ella, y ahora, tantos años después, ella le contaba a tu hijo aquella historia como argumento de tu debilidad congénita y de tu ineptitud para la vida. Otra noche me habló de tu tardío compromiso político y de la falta de significado práctico que en su opinión tenían tales decisiones; se remitía a las pruebas: «Un hombre, afirmaba, debe sentirse satisfecho con sacar adelante a su familia, y si eso no le basta, que lo piense antes, pues a nadie le obligan a crear un hogar». También se lamentaba con frecuencia de que toda su familia le hubiera vuelto la espalda por tu culpa, y acababa por apelar a mi cariño como lo único auténtico que le quedaba en esta vida. Yo la escuchaba sin que mi corazón se rebelara ayudándome con algunas posturas que había descubierto en la oscuridad y que neutralizaban mis impulsos enviando hacia las rodillas todo el veneno que me habría gustado expulsar por la boca. Cuando el deseo de responder a sus palabras crecía demasiado, pensaba una y otra vez: «Déjalo, quizá no esté hecha como yo».

De este modo mi silencio otorgaba y nuestra complicidad crecía. Habíamos comenzado a alimentarla durante las horas de la noche, al abrigo de tu fiebre, pero poco a poco fue extendiéndose —como el aceite derramado—, hasta manchar del todo nuestras relaciones, de manera que al fin no hubo entre los dos una sola mirada, cuyo objetivo primordial no fuera la confirmación de este pacto, que fabricó una tregua útil para los dos: para ella, porque al fin consiguió sentirse cerca de su hijo, lo que era tanto como sentirse cerca de sí misma, y para mí, porque en estas fechas acumulé energías de cara a lo que yo creí que sería mi ruptura definitiva con el pasado, como si el pasado fuera un objeto frágil del que pudiera uno desprenderse.

No necesitamos mucho tiempo, si es que puede hablarse del tiempo en términos absolutos, para acostumbrarnos del todo a tu enfermedad y a sus consecuencias. Pasados los primeros momentos de adaptación, cada uno encontró la forma de aliviar su aburrimiento, y los días comenzaron a transcurrir con la pereza propia de las estaciones. Así, al menos, lo sentía yo al ver a la pequeña Rosa andar por el pasillo en dirección al cuarto de baño con la agilidad que le otorgaba su estatura, o al sonreírla con gesto de superioridad cuando venía a enseñarme el cuaderno para que le resolviera las cuentas que mamá le imponía. Tú, entretanto, te habías recuperado de la pasividad de los primeros días, y ahora entretenías las mañanas escribiendo cartas a tus antiguos compañeros por si alguno se encontrara en situación de ayudarnos. Yo solía ir a verte antes de comer, y permanecía allí un rato sin decir nada. Me parecías una interrogación con aquel vendaje y doblado sobre la tabla que apoyabas en las rodillas. En ocasiones levantabas la vista y me decías algo: «Esto es peligroso, pues seguro que aún censuran la correspondencia; por eso pongo el remite en clave». Luego te perdías otra vez en la carta y con esa actividad olvidabas mi presencia. A mí me parecía que desvariabas un poco. Y es que estabas tan demacrado ya y tan encogido, que el solo hecho de que hablaras parecía una locura. Yo dormía por las mañanas y mamá por las tardes. De este modo pretendíamos que siempre hubiese en pie una persona responsable. Por lo general comía muy tarde, con lo que aliviaba un poco las horas que precedían al anochecer. La comida era uno de los pocos puntos de referencia fijos. Cada día —a la misma hora— me dirigía a la cocina, y allí estaba mamá invariablemente haciendo los últimos preparativos. Solía darme una barra de pan untada con aceite y ajo, y después unas patatas fritas apelmazadas, que a mí me gustaban mucho. Mientras comía, miraba con disimulo por la ventana, que daba al patio, y me entretenía con la actividad de dos hombres, hermanos según creo, que trabajaban allí. Se dedicaban a pintar enormes carteles para las fachadas de los cines, y exponían las telas a la intemperie para que se secaran antes, convirtiendo el patio en un rompecabezas. A veces se llamaban por sus nombres reclamando la ayuda del otro, y daba gusto oírlos. Luego mamá se sentaba frente a mí a comerse su bocadillo y a lo mejor me hacía alguna confidencia. Pero yo no le prestaba atención, porque ya me había convencido de que no podía decirme nada interesante, y, aunque me lo dijera, no habría sido ella, sino el azar, que a veces mezcla las palabras, consiguiendo efectos sorprendentes.

Entretanto, la pequeña Rosa y tú ya estabais durmiendo vuestra pequeña siesta. Jacinto, en su cuarto, a oscuras, se sentiría bien, sin darse cuenta de que ya nunca más tendría miedo. El hecho de que ni siquiera los tres que aún quedábamos en pie comiésemos juntos era un indicio más de la ruina que nos trabajaba, otro paso de la progresiva descomposición familiar. Y así también lo había intuido mamá, pues le costó algún tiempo romper con la rutina de poner la mesa con su mantel y sus cubiertos, aunque luego sólo comiésemos un bocadillo. Pero había presentido, sin duda, que a medida que fuéramos prescindiendo de los ritos familiares, estaríamos más a merced de nosotros mismos; por eso luchó por mantenerlos hasta que el desorden y la pobreza llegaron a un punto en el que se hizo preciso establecer turnos de comida. Estos turnos tenían la ventaja de que ninguno veía lo que comían los demás. De este modo reservaba los mejores alimentos para Jacinto, para ti y para la pequeña Rosa, distribuyéndolos de la forma que creía más adecuada. Finalmente comíamos nosotros, y ya te he explicado antes a lo que se reducía nuestra alimentación. A pesar de todo, éste era para mí uno de los mejores momentos del día, quizá porque era un momento seguro y porque tenía una actividad fija con qué llenarlo. No me refiero al pan y a las patatas, sino a mis pensamientos: no había para ellos otro lugar más seguro que el de la comida, porque en el transcurso de ésta lo principal no era pensar, sino tener cuidado de que las migas no cayeran al suelo. De esta forma las meditaciones acerca de mi vida se convertían en algo lateral, con lo que penetraban más fácilmente en la memoria. Como cuando en el sueño, ocupados aparentemente en dormir, oímos las pisadas y comenzamos, ciegos, a palpar nuestra infancia con la punta de los dedos en las viejas tapaderas de los pupitres. De este modo yo, ocupado aparentemente en comer, me penetraba un poco y me nacía más a medida que la memoria me ofrecía una imagen petrificada de mí mismo. Así recuperé la vez primera en que tus brazos, al levantarme de la cuna, se convirtieron en los brazos de mi padre. Sabía que era preciso sentir el cuerpo húmedo y caliente, y escuchar después los ruidos que salían de mi cuerpo, para que al poco tú llegaras y me ofrecieras, elevándome, una visión inédita de la desmesurada alcoba y de la vida. Así recuperé también las tardes desconchadas en el largo pasillo, cuando mirando fijamente la puerta del baño pedía a todas las potencias que mamá saliera de allí antes de que la cortina, que daba acceso al recibidor, comenzara a moverse por su cuenta; y así también los tazones de leche dulce con abundantes migas de pan que Jacinto y yo comíamos con asco, porque mamá introducía en ellos la cuchara con la que unos segundos antes había probado la sopa; y el barreño de agua caliente dando centro a la cocina, y las peleas entre los dos por ver quién sería el primero en bañarse, pues el segundo habría de hacerlo en la misma agua utilizada por su hermano, y ésta estaría ya cortada por la suciedad y por el jabón. Así también acudían al recuerdo aquellas situaciones que tenían lugar cada año, como consecuencia de tu enfrentamiento con la sinrazón. Me refiero a los empeños de mamá por celebrar, como todo el mundo, determinadas fiestas, que tú tratabas de ignorar para que tus hijos no crecieran con más nostalgias que las inevitables. Pero la sinrazón vencía siempre, porque siempre lanzaba las primeras palabras. Y así me era dado recuperar entonces la imagen de mis ojos en la casa primera de mis padres, cuando las vacaciones escolares anunciaban el comienzo de vuestras primeras discusiones navideñas, y así también las visitas familiares horribles y tus desesperados esfuerzos por protegerme, que de poco han servido, porque también el olor y el tacto guardan memoria de los hechos, utilizándolos a menudo en contra de nuestras convicciones.

Cuando mamá terminaba de comer interrumpía mis cavilaciones para recordarme que se iba a la cama. Insistía siempre en que la despertara a tal hora, pues debía hacer esto o lo otro. Me recomendaba también que no os dejara dormir a vosotros hasta más allá de las cinco y media, para que no os desvelaseis por la noche. Y después de unos segundos interminables, que empleaba aún en cambiar de sitio algún objeto, cruzaba la puerta y me dejaba al fin solo con mis pensamientos. Como ella dormía en mi alcoba, a mí me quedaban en realidad muy pocos lugares para pasear mi aburrimiento. Aun así creo que eran demasiados, porque en mi afán de cambiar de sitio con la esperanza de aliviar las horas, me pasaba la tarde yendo de un lado a otro de la casa, con lo que generalmente acababa desquiciado, porque la sensación de encierro se acentuaba más que si hubiera permanecido en una sola habitación. El problema era que me preocupaba el tiempo demasiado, y al tratar de luchar directamente contra él jugando, por ejemplo, a engañarme en cuanto a la hora, no hacía sino darle consistencia y duración; pero esto lo averigüé más tarde. Solía permanecer en la cocina hasta calcular que mamá se había dormido. Entonces daba los primeros paseos, que eran también los más soportables debido a que en estos primeros momentos estrenaba cada día la sensación de estar solo, que me hacía libre y poderoso. Pasados estos momentos, la puerta oscura del cuarto de Jacinto comenzaba a llamarme de un modo irresistible; entonces yo avanzaba hacia ella con muchas precauciones, sintiendo espesar la oscuridad alrededor de mi cuerpo, y permanecía allí sin respirar largos minutos en espera de oír algún murmullo. A veces yo mismo, con los pelos erizados por la sensación, arañaba la puerta o la golpeaba levemente en busca de alguna respuesta. En estas ocasiones acababa sintiendo que el atrapado era yo, y que Jacinto vigilaba mis reacciones desde su silencio. Entonces me ponía nervioso y comprendía que lo único que me impulsaba a hacer estas cosas era el afán de que mi hermano confirmase mi cordura, y en este afán, precisamente, perdía la razón, como se desprende de mis actuaciones ante aquella puerta negra por la oscuridad del ambiente y de mis sentidos. Cuando me tranquilizaba, solía pensar un poco en Jacinto sin despegar el oído de la madera. Recordaba, por ejemplo, el día que estrenó sus primeros pantalones largos, y mamá trataba de convencerle de que era un día importante, porque aquello era casi como estrenar su hombría, aunque no lo dijese exactamente con estas palabras. Tú la mirabas cargado de silencio, y yo empezaba a presentir que ella se movía en un mundo diferente al tuyo, en el que la locura era la norma y contra el que resultaba muy dura la lucha, porque no era un mundo fruto de la reflexión ni de la duda, sino del esfuerzo de miles de generaciones por librarse del desorden que engendra la muerte y cuyos resultados más genuinos eran, sin duda, productos del tipo de mamá, que durante su vida no hacían más que acumular instinto y aniversarios para contribuir a ese orden, que no es otro que el que marca la disposición de las tumbas en el cementerio. Recordaba muchas cosas de mi hermano, y es natural que así fuera, porque la escasa diferencia entre nuestras edades nos había obligado a pasar la infancia juntos. Ahora —pensaba yo sin poder moverme, atrapado como estaba en la oscuridad— él había escapado al asunto este de los años, y carecía de provecho meditar sobre nuestras relaciones pasadas, porque la continuidad, si alguna vez la hubo, se había quebrado ya por algún sitio. Quiero decir que uno de los dos se había marchado a otro lugar y era seguro que ya no volvería; lo que a su vez significaba que uno de los dos, Jacinto en este caso, no moriría más de lo que muere una planta o una mosca atrapada contra el cristal. Y este hecho evidente alumbraba el vacío que comenzaba a crecer entre nosotros y que era doblemente terrible: porque resultaba insalvable como un océano, y porque en el otro lado Jacinto no estaba solo, ya que de algún modo me tenía atrapado junto a él por unos lazos más fuertes que los de la memoria (la memoria no evoca sino lo inútil, lo que no tiene claves, imágenes fijas sin argumento), y entonces mi perdición sería no poder reunirme jamás conmigo mismo. Por lo tanto ya toda mi vida andaría errante y sin la esperanza de tener una casa, porque por mucho que embotase mis sentidos y por muy cómodo que fuera mi lecho, siempre tendría al día unos minutos en los que la mirada evocase el abismo al mirar cualquier otro objeto cotidiano, y yo habría de verme haciéndome señales desde el otro extremo del vacío insalvable. Así unas reflexiones sucedían a otras y la tarde entraba en esperanzas con las primeras sombras. Entonces yo, que no ignoraba que casi todo era un problema de conciliación, conciliaba mi tiempo con el tiempo, y me iba ya tranquilo a un rincón cualquiera de la casa, en donde planeaba mi futuro con la ambigüedad característica del preso, que juzgando como irreal la realidad de su presente fabrica sin freno ilusiones para el futuro, el futuro que le dará otra celda más amplia, pero tan opresora al fin como la actual, obligándole de nuevo a fabricar otro futuro y otro y otro, hasta que la muerte le sorprenda preguntándose por su propia realidad, cuya consistencia en definitiva era tan débil como la de la realidad exterior, que jamás aceptó y que ahora es tarde.

Qué miedo, padre, si uno, que es traidor y esas cosas, anda solo por un cuarto. Hay un trozo de espejo solamente y no es mucho para vigilarse la espalda, sobre todo si es preciso andar de un lado a otro, porque ya están a punto de parir. Se esfuerzan, se contraen, gimen un poco, pero no se deciden a comenzar el fin. Entonces veo que veo la ventana. Tal vez la vea ahora por primera vez. Está un poco alta, pero con una silla alcanzo a abrirla, y cogiéndome luego con fuerza a los barrotes alcanzo a ver las piernas de gentes que van y van al otro lado. Deduzco que mi habitación se encuentra por debajo de un nivel, y giro el cuello para dar alivio a la postura. Está lloviendo, aunque pudiera ser que toda esa gente que va y va escupa continuamente a causa del tabaco o del cáncer de garganta, mojando la calle hasta el punto de que a mí me da la sensación de que llueve.

—Oiga, señora.

—¿Quién, yo? —dice la señora con desconfianza.

—Sí, sí; agáchese un poco, por favor.

—¿Qué pasa?

—Dígame, ¿está lloviendo o es que todo el mundo escupe a causa del tabaco o del cáncer de garganta?

—¡Joder, qué tío más gracioso! Y yo aquí escuchándole mientras me cae el agua a cántaros.

—No chille, por favor; es que desde aquí no puedo ver el cielo.

—Ni no chille ni nada. No hay derecho, hombre, no hay derecho.

—Perdón, señora.

Me tumbo diagonalmente sobre el colchón. Estoy abatido y no se me ocurre otro diálogo para contarte. Saco las jaulas de debajo de la cama. Las hembras tienen ya unas barrigas enormes y están inquietas (¿por la lluvia o por el cáncer?). No soportan que se les acerque el macho. Aquí va a haber una matanza. Sería conveniente separarlos, pero con esta escasez. Lo que no es posible de ningún modo es ponerlos en libertad ahora que ya nos conocemos. El instante siguiente me sorprende en el centro de la habitación. Parece que pienso, pero sólo trato de ser atravesado por la realidad que me circunda. La realidad, un barco, una canción, un muerto, una mujer; cosas con las que se entra en relación por pura casualidad y que no han sido asumidas. La realidad, una torre, una niebla, un mar, una palabra; todo aquello que sólo es posible presentar al entendimiento como algo falso por ininteligible, pero verdadero por consistente. La realidad. Giro sobre mí mismo, y quisiera dar con la clave capaz de fundir conocimiento y realidad en una sola cosa. La angustia ya no sirve como defensa en momentos así. Regreso a la ventana, padre. El puente —voy diciendo—, el puente entre yo y lo ajeno, el puente entre yo y yo.

—Oiga, señor —el señor está muy mojado a pesar del impermeable, pero camina como si no tuviera prisa.

—Sí, sí, dígame.

—Verá usted, estoy aquí de guardia y se me han terminado las maderitas.

—¿Las maderitas? —el señor se ha agachado para ponerse a mi altura.

—Las maderitas, sí. Construyo jaulas para esos bichos. Acérquese un poco. Así, en el suelo, junto a la cama. ¿Los ve?

—Ya. ¿Tiene usted más por ahí sueltos?

—No, pero las hembras van a parir en seguida, y convendría separar los machos.

—¿Y por qué no los deja libres mientras tanto?

—Pues verá, el caso es que ya saben que soy el enemigo y ellos son más fuertes, porque se esconden en cualquier parte y resisten el sueño más que yo.

—¡Ah!

—¿Llueve mucho, eh?

—Pues sí, sí —contesta frotándose las manos el señor—; ahora da gusto con esta lluvia. Claro que usted ahí, de guardia todo el tiempo, ni lo nota.

—Un poco. En la humedad sobre todo. Lo que sucede es que desde aquí se ve muy mal el cielo y nunca sé si llueve o es que todo el mundo escupe a causa del tabaco o del cáncer de garganta.

—Bueno, ahora ya no se escupe tanto. Yo mismo hace dos semanas que no escupo.

—¿Nada?

—Por la mañana, a veces. Y cada día menos, porque a mi mujer le dan asco los ruidos que hago.

—Los escrúpulos, seguramente.

—Como ella no fuma.

—Claro, no comprenden.

—Lo que estoy probando ahora —el señor sonríe delicadamente— es a escupir hacia adentro. Tengo que tener ya el estómago como una escupidera. Pero ya ve usted, no acaba nunca de llenarse.

—Es que eso se elimina a través del sudor y de la orina.

—Será eso —sonriendo de nuevo.

—Bueno, pues voy a ver si acaban de parir estos animales.

—Pues nada, que sea para bien. Y siento mucho lo de las maderitas.

—No se preocupe. Ya me arreglaré.

—Bien, hasta luego.

—Adiós, señor.

Entre unas y otras cosas las cenizas de la tarde se han sedimentado. Ahora es preciso caminar despacio para no removerlas. Me tumbo sobre la cama atravesándola diagonalmente. Pero ese puente sería otra realidad, que nos obligaría a construir otro puente, y otro y otro, hasta que la realidad o el pensamiento acabasen con nosotros, y con todos los falsos puentes. Sólo es posible la identificación total.

La humedad, aliada de la noche, produce en el ambiente una sensación de dureza que me aprisiona el cuerpo. Trato de pensar en mí mismo partiendo de mi forma física, tan parecida a la de mis congéneres. Pero sé muy bien que no tengo palabras para solucionarme: y no es un problema de vocabulario. Acudo, pues, a la enumeración, que suele dar buenos resultados: dos ojos, dos piernas, un cuello, etcétera. Y ya me voy durmiendo y me siento como esas revistas, en cuya portada hay una paloma que lleva en su pico la revista, en cuya portada hay una paloma que lleva en su pico la revista, en cuya portada, etcétera, como esas portadas es mi sueño. Yo estoy en un sueño, y tengo en la mano mi sueño, en el que estoy yo y tengo en la mano, etcétera. Entonces, si me acometen sueños tenebrosos he de afrontarlos, porque despertar supondría recorrer esa serie interminable hasta llegar al primer plano, en el que estoy yo. Éste es el inconveniente de soñar, que se sueña, que se sueña, que se sueña, que se sueña.

El silencio de Jacinto al otro lado de la puerta acabó por molestarme hasta el punto de no dejarme pensar en otra cosa. No es que me sintiera culpable de su estado, pues cada vez que pensaba en su antigua proposición de huir juntos, más disparatada me parecía. Pero él era mi único hermano, y cuando se tienen tan pocas cosas como nosotros teníamos entonces, un hermano se convierte en algo importante; y no me refiero al aspecto puramente territorial, sino a ese otro de límites menos definidos, al que pertenecen los problemas de identidad con todas sus variantes. También quiero expresar con esto que, si yo poseía algo de futuro, no era debido a mí, sino a la capacidad de futuro que albergasen en su corazón quienes hubiesen padecido como tú o como yo. Y este padecimiento lo veía bien próximo en mis hermanos, sobre todo en Jacinto, del que nunca creí que la razón le hubiese abandonado hasta el punto de obligarle a ignorar quién repartía las cartas que tan mala fortuna habían dado a nuestra familia. Estas consideraciones, unidas a mi enfermiza costumbre de dejar bien clara mi posición con respecto a cada miembro de la familia (de la que este escrito es un buen exponente), y sin duda también el hecho de que había que matar los días tarde a tarde, sin la posibilidad de que una sola de esas tardes pasara inadvertida entre los pliegues de un acontecimiento insólito, fue lo que me decidió finalmente a mantener una entrevista con mi hermano. El problema estribaba en conseguir la llave, que mamá llevaba siempre consigo. Tendría que quitársela una tarde mientras ella durmiese y volver a dejarla en el bolsillo de su bata antes de que despertase. Y lo intenté tres tardes consecutivas sin ningún resultado, pues mamá tenía el sueño muy ligero y bastaba con abrir la puerta para oír su voz preguntando si sucedía algo. Afortunadamente, en las tres ocasiones se me ocurrió a tiempo la excusa adecuada para justificar mi actitud. Como puedes suponer estuve a punto de desistir ante tantas dificultades, y lo habría hecho de no estar tan desquiciado y solo mientras todos dormíais. Pero cuanto más difícil se me ponía la empresa, más me entregaba yo a especulaciones absurdas y más la ansiedad me empujaba a encontrarme con Jacinto a solas. Nadie, excepto mamá, lo había visto desde aquel día negro en el que decidisteis separarlo. Y este hecho me preocupaba sobremanera ahora que tenía la experiencia de lo venenosa que podía llegar a ser mi madre. Pensaba que quizá le hubiese hablado de mí en forma semejante a como me había hablado de ti, y que tal vez por eso Jacinto no daba jamás respuesta a los ruidos que yo producía ante su alcoba. Con estas consideraciones y otras de orden menos confesable me armé de valor para intentar por cuarta vez el robo de la llave.

Aquel día esperé más tiempo que otras veces, pensando que así su sueño sería más profundo y me deslicé al fin por el pasillo hasta llegar a la alcoba donde dormíamos los dos en turnos diferentes. Antes de tocar el picaporte respiré varias veces, como si fuera a sumergirme en el agua, y luego, aguantando la respiración, comencé la maniobra de bajarlo con una lentitud desesperante, pero que me daba mayores posibilidades de triunfo. Al fin el hierro alcanzó su límite, y yo salí a la superficie para tomar más aire. Luego comenzó la operación más peligrosa, pues las bisagras, que ni en sus mejores tiempos habían conocido el aceite, emitían unos gemidos modulados que no había forma de silenciar. Cuando calculé que la abertura era suficiente para que pasara mi cuerpo, descansé unos segundos y examiné, asomando la cabeza, el campo de operaciones. Por fortuna mamá solía dejar una contraventana abierta y había luz suficiente para no recurrir a la eléctrica. Dormía de un modo absolutamente estático y sospechoso. Ni siquiera conseguí oír su respiración, por lo que demoré aún unos minutos para asegurarme de que no trataba de jugarme una mala pasada. Transcurrido este tiempo, me deslicé a través de la abertura y me dirigí hacia los pies de la cama, en donde tenía colgada la bata. Iba pidiendo a todas las potencias que no se despertara en aquel momento, porque mi postura (de puntillas y con los brazos separados del cuerpo para mantener el equilibrio) era tan sospechosa, que nos habríamos dado los dos un susto de muerte. Al fin llegué a la bata, y entonces imploré para acertar a la primera con el bolsillo de la llave, porque aquella situación se estaba ya alargando demasiado para mi capacidad de resistencia, y el miedo que siempre había tenido a mamá iba camino de convertirse en pánico, con el peligro consiguiente de paralizarme o de hacerme salir corriendo despertándola, a ella y al resto de la familia. Como es usual en estos casos, la llave no estaba en el primer bolsillo, de manera que hube de hacer un movimiento más en busca del segundo, en el que —para mi desgracia— tampoco había ningún objeto de esa especie. Al principio pensé que con los nervios había ido a parar las dos veces al mismo bolsillo, pero una segunda investigación más cuidadosa me confirmó en la anterior certeza. El fastidio que me produjo este hecho me alivió en parte del temor a despertarla, y ya casi sin ningún cuidado, me dirigí a la cabecera de la cama por ver si la tuviera colgada del cuello, pues ya sabes que hay gente que tiene esta penosa manía de dormir con sus propias llaves bien amarradas al lugar por donde algunos se ahorcan. Pero su cuello estaba cubierto por las sábanas, y no sería yo, desde luego, quien se atreviese a descubrirla un poco. De manera que renuncié de inmediato a mi plan y me quedé unos instantes observándole la cara. Estaba vieja, tenía sus cabellos grises y aplastados contra la almohada; estaba vieja y era mi madre. Levanté la vista con el gesto deteriorado y entonces vi la llave. Estaba sobre la mesa que había bajo la ventana. Cualquiera que no hubiese entrado a buscarla la habría visto, pues era el único objeto que había allí, en el lugar más iluminado de la habitación. De repente, al ver recuperados de nuevo mis proyectos, me sentí otra vez invadido por el miedo y comencé a caminar como un idiota hacia la mesa. Tenía que ir controlándome continuamente, pues los nervios me urgían a precipitarme, pero lo conseguí. Al cabo de unos minutos ya estaba fuera de la alcoba con la llave en mi mano, y unos minutos más tarde ya había cerrado la puerta también, sin que mamá hiciera un solo movimiento.

Ahora venía lo otro. Y al planteármelo de una manera inmediata, sin ningún obstáculo que salvar, me parecía una empresa más temible aún que la anterior. Pero así somos, padre, caminamos hacia nuestros errores como la víctima hacia su asesino, hipnotizados por el amor a lo terrible: Así me deslicé ahora hacia la alcoba de Jacinto. No obstante, antes de introducir la llave estuve escuchando un buen rato, como en los días anteriores, y, como en los días anteriores, el silencio era absoluto. Di algunos golpes en la puerta, le llamé en voz baja, dije: «Jacinto, Jacinto, soy yo, voy a entrar para hablar un rato contigo».

Pero todo fue inútil, el silencio y la oscuridad era lo único que percibían mis sentidos. Con estos antecedentes la empresa se ponía, como verás, difícil, pues además yo sabía que la ventana de esa alcoba estaba cerrada a cal y canto, y que Jacinto permanecía siempre a oscuras, excepto cuando mamá le llevaba la comida o iba a recoger el orinal con sus restos. Tú sabes lo comprometido que es abrir una puerta en esas condiciones, pues hasta dar con la llave de la luz tardaría necesariamente unos segundos, que serían suficientes para recibir una sorpresa inolvidable. ¿En qué lugar del cuarto estaría Jacinto? Si adivinase su bulto nada más abrir, la situación sería soportable. Pero me imaginaba yo que tal vez estaría escondido detrás de la puerta o algo así, y cuantas más posibilidades le atribuía, más me arrepentía de haber iniciado aquella triste aventura. Por otra parte el tiempo me apremiaba, pues aún tenía que dejar la llave en su lugar antes de que mamá despertase. Le llamé, pues, por última vez, y amparado por el eco de mi voz introduje decididamente la llave y la giré. El picaporte ofreció alguna resistencia y se me heló la sangre pensando que tal vez Jacinto lo sujetaba al otro lado. Al fin cedió y empujé la puerta para que se abriera del todo: oscuridad y silencio. Si el pasillo no hubiera sido tan oscuro, habría distinguido al menos el bulto de la cama, o el de mi hermano en el caso de que no estuviera escondido. Pero con tan poca luz de un lado y de otro no tenía otra alternativa que arriesgar alguna parte de mi cuerpo. Así pues, manteniéndome fuera de la alcoba, avancé el brazo y tenté unos centímetros de pared en busca del conmutador. El miedo a sentir que me cogieran la muñeca me ponía torpe, y tardé una eternidad en dar con él. Pero al fin mi mano tocó un objeto duro y me apresuré a cambiar de posición la palanca: la luz de la bombilla era más bien pobre, pero suficiente para ver que Jacinto no estaba allí. Aquella alcoba no tenía más objetos que una silla de mimbre y un colchón de borra colocado sobre un somier que se apoyaba directamente en el suelo y bajo el cual, por lo tanto, no habría podido ocultarse nadie. Las mantas que cubrían el colchón estaban muy bien colocadas, como si hiciera tiempo que no se utilizasen. La alcoba, en general, estaba limpia. Observé también que el suelo estaba destrozado: las baldosas se movían al presionar sobre ellas. Las paredes estaban más rayadas que las del resto de la casa. Había en el ambiente un olor extraño, como de colonia y sudor juntos. De esta manera continué unos instantes enumerándome alguno de los rasgos más evidentes de la alcoba por temor a afrontar la última y dolorosa posibilidad sobre el paradero de Jacinto. Me refiero al armario empotrado. Estaba a la izquierda de mis ojos y ocupaba media pared. Dije todavía de perfil «sal de ahí, Jacinto». Después giré a la izquierda y le volví a llamar. Avancé luego hacia el armario hasta colocar la mano derecha sobre el pomo de la puerta. Di un tirón fuerte al tiempo que saltaba hacia atrás para colocarme a una distancia prudente del espectáculo. Allí estaba mi hermano, en posición horizontal sobre un entrepaño que en otro tiempo habría servido para colocar sábanas limpias y colchas olorosas. Tenía las manos colocadas sobre el pecho, tal como las estampas cristianas nos muestran a los que mueren en gracia de Dios; solo que mi hermano no tenía aureola ni tampoco una sonrisa dulce; es decir, no tenía sonrisa, porque su boca estaba enormemente abierta y llena hasta rebosar de trapos empapados en colonia, que luchaban contra el olor de la descomposición. La muerte le había envejecido de un modo considerable. Debía de estar desnudo bajo la sábana que le cubría, lo que me hizo experimentar una sensación de frío, que aproveché para ponerme en movimiento. Cerré el armario murmurando su nombre, y comencé a llorar dando vueltas alrededor de la alcoba, hasta que observé que las baldosas hacían mucho ruido a causa de su mal estado, lo que me obligó a detenerme por temor a que los vecinos pudieran molestarse. Yo ya no tenía naturaleza; tenía miedo solamente. Poco a poco comencé a recuperar la capacidad de pensar en mí mismo y en las consecuencias que se podrían derivar de este último descubrimiento. Avancé hasta la puerta, y con un pie en el pasillo y otro en la alcoba medité largamente.

La realidad está siempre ahí, pero no nos afecta mientras no la vemos. La realidad y yo habíamos tenido ya varios encuentros, cuyo resultado fue la modificación sucesiva de mi carácter, nunca de la realidad. Ella permaneció siempre invariable en el transcurso de mi podredumbre. Y ahora comenzaba yo a entender la maniobra; ahora al fin veía cómo de cada nueva y triste experiencia yo emergía con menos capacidad de testimonio, pero más convertido, sin embargo, en aquello que me habría gustado testimoniar, porque aun siéndome ajeno, me concernía oscuramente. Y veía también que si todo continuaba por el mismo camino no tardaría mucho en jugar mi papel dentro del orden de las cosas. Avancé un paso más y apagué la luz desde el pasillo. Luego cerré la puerta lentamente, tratando de guardar memoria de aquel gesto y me fui al cuarto de baño para aclararme el rostro.

Mientras el agua fría me aliviaba los ojos, yo pensaba que lo principal por el momento sería no darme por enterado. Depositaría de nuevo la llave en su sitio, teniendo más cuidado aún que cuando la cogí, y de este modo mamá y yo cargaríamos por separado con la pena de Jacinto, pues el sufrimiento moral compartido es más triste y difícil de sobrellevar que el individual.

Así, por una parte, le agradecía a mamá que no hubiera llevado su grado de complicidad conmigo al extremo de revelarme también lo de la muerte de Jacinto, mientras que por otro lado la memoria comenzaba a poner obstáculos a mi futuro, pues comenzaba a preguntarme por las razones que le habrían conducido a sacar la llave del bolsillo de la bata y a colocarla sobre la mesa, el lugar más visible de la habitación. Lo lógico, si de verdad quería ocultar el suceso, habría sido extremar las precauciones en torno a ella y no exponerla de esa forma a mi curiosidad. Y la sospecha se reforzaba también con el recuerdo de su inmovilidad, que en ningún momento me había gustado, porque nadie duerme de una manera tan discreta. Puedes imaginar los sudores que me acometieron con el temor de que mamá estuviese en aquellos momentos esperando ansiosa que yo regresara a depositar la llave para celebrar su triunfo llorando junto a mí, pues se supone que la fortaleza sólo tiene sentido cuando los demás ignoran contra qué tipo de desgracia somos fuertes. Busqué frente al espejo la manera de escapar a aquella trampa que mi propia madre me había tendido, pero no hallé ninguna solución. Tendría que regresar en la confianza de que estas especulaciones fueran el resultado de una mente enferma. En cuanto al hecho de que la llave estuviera sobre la mesa, en lugar de en su bolsillo, era fácilmente explicable desde el punto de vista de que muchas personas tienen por costumbre aligerar sus prendas antes de desnudarse. Y con esta esperanza fabriqué la dosis de valor necesaria para caminar silenciosamente por el pasillo hasta alcanzar la puerta de la habitación. Allí me descalcé al objeto de hacer aún menos ruido, y acaricié el picaporte antes de presionarlo para liberar la puerta. A medida que el movimiento de mis manos ensanchaba la rendija, se completaba mi visión de la cama y del bulto de mamá sobre ella. Mi miedo —como puedes suponer— estaba en la parte superior, en donde el rostro de mamá confirmaría mis sospechas o me daría una tregua de tranquilidad. Detuve un instante la puerta a la altura del pecho buscando algún indicio en su movimiento respiratorio. Pero ni su postura ni las mantas revueltas favorecieron este intento, de manera que continué hasta descubrir totalmente su cuerpo. Había cambiado de postura y tenía ahora el rostro completamente vuelto hacia la puerta, pero seguía con los ojos cerrados. Estuve observándola unos instantes antes de decidirme a entrar, y te repito que su inmovilidad era increíble. Yo he tenido con alguna frecuencia oportunidad de ver gente dormida, y en nadie observé tanto movimiento contenido. Y de mí mismo sé, aunque no haya podido contemplarme en tales momentos, que jamás permanezco mucho tiempo en la misma postura o con el mismo gesto. Me lo dicen las sábanas revueltas al levantarme y la imagen del espejo, que cada día me devuelve un rostro más extraño y despierto. Pero voy a dejar aparte estas consideraciones, que para ti serán harto conocidas, para que sepas ya lo que ocurrió al fin de todo aquello. Entré en la habitación y caminando con la punta de los pies llegué a la mesa en donde deposité la llave. Desde este lugar mamá me daba la espalda, y yo aproveché esta situación de superioridad para evitar que la sospecha siguiera creciendo en el futuro a expensas de mi miedo. De manera que también allí me detuve unos instantes, porque sabía lo difícil que es —para alguien que no esté realmente dormido— soportar una presencia inquisidora a sus espaldas. La prueba, que sufrió varias prórrogas en virtud de mi creciente seguridad, no dio ningún resultado positivo, por lo que finalmente la prudencia me invitó a iniciar el descenso.

Deshice el camino hasta la salida con las mismas precauciones, y cuando ya iba a cerrar la puerta tras de mí sin girar el cuerpo para economizar movimientos, una extraña certidumbre me impulsó a observar por última vez su rostro, y entonces vi sus ojos de medusa mirándome fijamente. Y no era la mirada de alguien que acabara de despertar, sino la de quien ha estado largo tiempo dirigiendo desde la oscuridad todos los movimientos exteriores y emerge al fin cuando su obra ha terminado para que nadie dude jamás de su existencia, por más que el tiempo pase, y su ausencia se prolongue. Cerré la puerta y recogiendo los zapatos del suelo corrí hacia el cuarto de baño. Utilicé el pestillo y me senté en la taza del retrete a la espera de que mis pensamientos recuperaran la coherencia minuto a minuto.

Me resulta doloroso pensar, ahora que la distancia objetiva los hechos, en el chantaje moral sobre el que estaban montadas las relaciones entre mi madre y yo. Me veo de nuevo encerrado en el cuarto de baño y no encuentro en mi recuerdo ningún rastro de la pena que momentos antes me había atravesado la razón. Jacinto y su muerte, orígenes del problema, ya no existían o habían perdido consistencia ante las complicadas relaciones que este hecho tejía entre mi madre y yo. Me preocupaba especialmente la habilidad con que mamá había llevado las cosas para que fuera yo mismo quien diera el paso hacia mi perdición y, entre otras, surgía la pregunta de cómo pensaría ella utilizar su nueva arma. Para mí estaba claro que tardaría en hacerlo, de otro modo su comportamiento habría sido distinto. También era evidente que conocía mejor que yo las limitaciones de mi voluntad; es decir, que en aquella casa nadie dudaba ya de mi poca capacidad de respuesta, lo cual me hacía cada vez más utilizable, pero también más peligroso. Digo esto último porque yo comenzaba a sentirme acorralado y esta sensación podría originar alguna reacción disparatada, pero, sobre todo, imprevisible. Esta transformación que le daba a mi carácter un tono de peligrosidad, la venía acusando sobre todo en el tipo de relaciones que en los últimos tiempos mantenía con mi imaginario amor. Este amor —del que ya te he hablado en otras ocasiones— no tenía nada comparable a su cuerpo, así al menos lo creía yo, que cada tarde recorría los pliegues más ocultos de su piel sin que esta repetición agotara mi capacidad de sorpresa o restase inquietud a mis sentidos. Pero en los últimos tiempos —te explicaba— el comportamiento de mi imaginario amor había modificado nuestras relaciones hasta el punto de que me obligaba a descargar sobre su cuerpo una agresividad que jamás hubiera sospechado en mí, y que no estaba exenta de un placer, cuyo reconocimiento me avergüenza oscuramente. El caso es que el cambio este de actitud me preocupaba algunas noches porque la evolución continua de los hechos, en la que se disolvía hasta el pasado más inmediato, me producía un vértigo contra el que mi corazón no poseía ningún arma. Y es que cuando el crecimiento y la muerte de los hechos se producen en una sucesión demasiado violenta, uno comienza a ver bien claro que ha de acabarse un día. Y yo tenía miedo aquellas noches de que los años acabaran sorprendiéndome acostado junto a mi asesino (que no era otro que yo mismo, nacido en un desdoblamiento impuesto por la soledad), diciéndome mentiras que ocultaran mi edad, aprovechándose de mi silencio seguro, en la ingenua creencia de que la sinrazón proporciona una muerte más eficaz y sólida.

Y esta sensación de peligrosidad, a la que intentaba referirme hace ya algunas líneas, me consolaba de un modo notable, pues en ella veía mi salvación posible, consistente en una huida personal que me separaría de vosotros y alumbraría con el tiempo a un nuevo ser, que si bien no gozaría nunca con la misma intensidad que los otros de la vida, tampoco se consumiría en un tormento estéril, como aquel al que entonces estaba sometido. Pero también comprendía que mi debilidad moral, comprobada en cada enfrentamiento con el exterior, era un obstáculo que habría de impedir cualquier actuación en la que los riesgos pudieran constituir un término de comparación junto a las ventajas. Entonces, para darme valor, trataba de convencerme de que sólo tenía una vida, sin caer en la cuenta de que las frases de este tipo carecen de significado, pues si bien es cierto que he de morirme un día, no es menos cierto que mi vida (esa de la que sólo tengo una) estaba precisamente constituida por todos aquellos acontecimientos con los que yo me negaba a entrar en relación directa, pretendiendo que no me concernían. Sin embargo, aun admitiendo que hubiera sido posible modificar mi circunstancia (la matriz en la que me desarrollaba y de la que mi ser tomaba el alimento que iba conformándome), quién habría sido capaz de modificar mi carácter, que estaba cimentado precisamente sobre aquello de lo que yo renegaba por pretender que no era mi auténtica vida. Lo que quiere decir que cuanto no aceptaba de mí mismo era lo que constituía mi auténtico ser y cuanto no aceptaba de vosotros era precisamente lo que erais. De manera que aquello que llamaba infelicidad no era otra cosa que la sucesión de desencuentros entre mi propia realidad y yo mismo, y entonces no sería feliz mientras no aceptara mi miseria presente como algo propio, aunque impuesto por una realidad, a cuya construcción yo no había contribuido y que no era tan provisional como mi optimismo pretendía.

Pero, por otra parte, uno no agota nunca su capacidad de engaño, y haciendo uso de él fue como di de lado estas cuestiones, que me exigían un esfuerzo para el que no estaba preparado, y comencé a pensar que todo aquello podría haber sido un espejismo. Es decir, que mamá no me había mirado al salir de la alcoba y que, por consiguiente, no había estado despierta en ningún momento. De cualquier manera lo que sí estaba claro es que hasta nuestro próximo encuentro no podrían hacerse muchas cábalas respecto al futuro de nuestras relaciones. Con estos pensamientos me compuse el rostro para dedicarme después a hacer lo mismo que habría hecho una tarde cualquiera.

En primer lugar fui a despertarte y me interesé fríamente por tu estado ante una mirada que me exigía una actitud parlante. Respondiste con un gesto ambiguo que tanto podía significar una cosa como otra, y volviste la cara. Yo aproveché este gesto para darme la vuelta y cumplir con mi segunda obligación de despertar a la pequeña Rosa. Recuerdo que no se quería levantar y que yo mencioné (¿cómo se puede caer tan bajo?) que tenía que hacer aún los deberes que mamá le ponía a diario para tenerla entretenida o para convertirla en una mujer de provecho, cualquiera sabe tratándose de una actuación de mamá. Se sobresaltó con esto, y aunque yo intenté arreglarlo con la promesa de ayudarle a hacer las cuentas, lo cierto es que ya no sonrió hasta el día siguiente.

Cuando ya me disponía a salir del cuarto intentando evitar tu atención me llamaste con una de esas voces a medio quebrar que son preludio de las conversaciones íntimas, con lo que yo me encomendé a los cielos, mientras cambiaba el sentido de mi marcha. La pequeña Rosa, que había adelantado mucho en la comprensión de algunos signos, se asomó a medio vestir por detrás de las cortinas. Entonces tú expresaste el deseo de que te afeitara si no tenía otra cosa que hacer. Y como no tenía otra cosa que hacer, asentí a tu petición y me fui al cuarto de baño a preparar los útiles. No se me escapaba lo extraño de que te quisieras afeitar a media tarde, pero pensé que cuando uno lleva varios días en la cama siente placer por estas pequeñas cosas, pues lo colocan momentáneamente en el centro de un acto ejecutado por otro, lo cual es un modo de afirmarse contra el que no tengo ningún reparo. La cocina estaba apagada debido a nuestra pobreza, que no daba ya ni para comprar carbón, por lo que hube de calentar el agua en un infiernillo de alcohol que, según me habías explicado tiempo atrás, servía para hervir agujas hipodérmicas, pinzas y otros útiles de medicina casera. Tú sabías poner inyecciones, y siempre te había gustado explicarme la manera de hacerlo, por lo que pensé, mientras el agua rompía a hervir, que te lo volvería a preguntar cuando te afeitase, para evitar que un silencio muy prolongado nos condujera a uno de los dos a cometer alguna imprudencia. Entretanto, a otro nivel más subterráneo de mi ser, continuaban todavía funcionando los efectos del desastre de Jacinto, y aunque es cierto que no había conseguido sofocar la atmósfera de irrealidad que me trabajaba desde que descubrí su cuerpo, debo aclarar también que comenzaba a ver las cosas de un modo más sereno. Dejando aparte las cuestiones prácticas que se desprendían del asunto (a un vivo se le elimina con cierta facilidad, basta un buen golpe; pero desprenderse de un muerto es problemático, sobre todo si se albergan prejuicios sentimentales), dejando a un lado estas cuestiones prácticas, te digo, no había más remedio que ver en su muerte una liberación, y desde este punto de vista yo debía alegrarme por él. Es cierto que ese tipo de liberación también estaba a mi alcance; la diferencia es que en el momento de pensar tales cosas yo podía elegir y mi hermano no. El ruido del agua me sacó de estas reflexiones. Apagué el infiernillo y con las manos ocupadas me dirigí a tu alcoba. Se notaba en el ambiente el declive de la tarde. Pensé que lo más prudente sería no despertar a mamá. Ya se despertaría por sí sola. Cuando llegué, estabas ya incorporado y le decías a la pequeña Rosa que no debía sentarse en el suelo, pues de ese modo podría resfriarse. La pequeña Rosa se levantó con su cuaderno y su lápiz mordido y fue a sentarse en una silla, al otro lado de la cama. Yo me alegré de que permaneciera allí, porque eso hacía menos violenta la situación. Te coloqué la toalla alrededor del cuello y luego comencé a enjabonarte apoyándome en tu hombro con la mano izquierda. Siempre que hacía algo por ayudarte me sentía desamparado, y esta sensación se acentuaba con tu mirada, que ya a estas horas comenzaba a resultar febril. Interrumpí un momento la operación pues ya era casi de noche, y tú le dijiste a la pequeña Rosa que cerrara las contraventanas, pero hube de hacerlo yo también, pues ella no llegaba al pestillo. Después cogí la navaja y comencé a afeitarte sin poder evitar el tocarte el rostro con la mano para estirar la piel. Mi idea fija era encontrar la manera de hablar de algo indiferente, pero lo de las inyecciones, ahora que el silencio inicial había creado un clima, me parecía absurdo y penoso. Al fin tú comenzaste a hablar de nuestra situación en un tono aceptable, y yo te lo agradecí presionando tu mejilla con mis dedos. Me explicaste que esa misma mañana mamá había echado al correo las cinco últimas cartas que habías escrito (dos de ellas, cambiando de tono, para el extranjero), y que confiabas plenamente en que alguna llegase a su destino. Eso no quería decir —puntualizaste— que la respuesta fuera inmediata, pues quizá el que la recibiera no estaría en ese momento en situación de ayudarnos, y en ese caso tendría que dar aviso a una tercera persona, que a su vez habría de cerciorarse de nuestra situación, cosas estas que exigían tiempo, pero no tanto como para que no pudiésemos resistir hasta entonces. En los próximos días, continuaste en un tono más normal aún, escribirías a otras seis o siete personas. Las habías dejado para el final, porque las posibilidades de que recibiesen las cartas eran muy remotas, pero que a cuantas más gentes escribieses, más posibilidades tendríamos. Yo asentía con seriedad, aunque con cierta reserva mental a tus proyectos, pues a esas alturas ya sabía de sobra que no habías nacido para triunfar en nada, y que aun tus pequeños triunfos, como éste, si llegara a producirse, se convertían interiormente en fracasos, ya que el fracaso es la única forma de gratificación moral para quien ha comprendido el mundo. Por eso en esta reserva mental de la que te hablo no hay sombra de reproche o de amargura, porque mis relaciones contigo no han sido jamás de conciliación, sino de identificación. Con mamá, según puedes suponer por lo que de ella te cuento, era distinto, porque uno no puede reconciliarse con el mundo sin haberse reconciliado previamente con su madre. Pero ya sabes que esta necesidad nace precisamente de la violencia, pues sólo tratamos de reconciliarnos con aquello que en definitiva nos resulta ajeno y molesto, pero cuya presencia no sólo no podemos evitar, sino que reclamamos también cuando nos falta, porque es el único punto de referencia fijo que justifica por tanto nuestro actual modo de ser.

Después de tales explicaciones te callaste esperando, sin duda, que yo te hiciera alguna pregunta relacionada con el asunto que a ti te permitiera dar alguna respuesta, que originaría a su vez alguna pregunta, de manera que la conversación naciera y el optimismo creciera con la facilidad con la que crecen las palabras. Pero yo sólo veía que la pequeña Rosa había empezado a interesarse en esta conversación, que aún no lo era, y por el momento mi único interés estribaba en acabar con el bigote, que daría fin a tu afeitado y a mi presencia en aquella alcoba. Cuando viste que yo no estaba dispuesto a dar facilidades, te retiraste hacia otros lugares y, al levantar de nuevo la vista me preguntaste ingenuamente y para ayudarme sin duda a soportar aquella situación que tú mismo habías creado: «¿Qué sabes de Jacinto?». Miré a mi hermana, que inmediatamente se refugió en el cuaderno, y contesté de un modo magistral que suponía que estaba como siempre, ya que mamá no dejaba de atenderle con regularidad. «Cuando pase todo esto —añadí, porque ya me daba vergüenza callarme— se pondrá bien si recibe las atenciones adecuadas.» Tú asentiste con la cabeza tropezando con mi mano por la parte de la herida, lo que te hizo soltar una exclamación de dolor, que rompió definitivamente la atmósfera de credulidad que habías intentado crear. Por otra parte, la fiebre te había subido en los últimos minutos y tus ojos comenzaban a mostrarse vidriosos, por lo que, sin duda, no encontraste ya ningún motivo para resistirte a la depresión que —fiel a tus principios— allí estaba, como todos los días, en algún rincón oscuro de tu pensamiento.

Yo, por mi parte, había comenzado a recoger las cosas para salir de allí cuando apareció mamá despeinada y pálida cruzándose la bata con expresión de frío. Se quejó de que no la hubiera despertado antes, mientras fulminaba mi rostro con una mirada que no dejaba ya ningún resquicio para la duda. Argumenté que no me había dado cuenta de la hora entretenido como estaba en afeitarte. Inmediatamente desvié mi mirada hacia ti recomendándote que no apoyaras la cabeza con el lado izquierdo para no deshacerte el vendaje. Pero mamá volvió a la carga insistiendo en que tenía muchas cosas que hacer y que aquel retraso la perjudicaría considerablemente. Yo me di cuenta de que sólo buscaba mis ojos para que las cosas quedasen claras desde aquel momento. Pero no le di el gusto de buscar su protección, sino que me mostré excitado en el modo de actuar, y ella, que era más elemental que yo y por eso en cierta manera más inteligente, abandonó la presa de momento, y me dejó salir de allí con una cierta sensación de alivio. De esta manera demostraba por enésima vez que no dejaba nunca de sujetar el hilo, sino que lo estiraba o aflojaba según las circunstancias, pero sin permitir jamás que el sedal se rompiera.

Me fui a mi cuarto para morderme las uñas con tranquilidad, y allí tuve un pensamiento terrible (hoy este adjetivo me parece una redundancia y lo utilizo con reservas): pensé que no podría ser nunca auténticamente libre mientras mi madre viviese. Y a medida que este pensamiento encontraba soportes laterales se evidenciaba más y más que la íntima repulsa que sentía por mi madre no era diferente de la que sentía por el mundo. Pero el amor mueve montañas —como dicen—, y a qué negar ahora que también la amaba, si mis esfuerzos por no intimar con ella me hablan de este amor continuamente. Lo que ocurría es que en mi lucha por evitar la contradicción suprimía uno de sus términos, sin darme cuenta de que de este modo no sólo no la aniquilaba, sino que hacía crecer, a expensas de esta supresión arbitraria, al otro término, que en tales circunstancias se mostraba grotesco hasta lo indescriptible. Y este admitir mi propia contradicción me llevaba también a comprender mejor tus sentimientos con respecto a mamá, pues sin duda ella encarnaba todo cuanto habías tratado de destruir; entonces tu permanencia junto a ella revelaba una fisura cuya explicación sería la fidelidad inconsciente de tu corazón a unas formas de vida que habían alimentado tus primeros años y con las que aún mantenías relaciones a través de la vagina de mi madre. Pero o yo era demasiado joven para la nostalgia o había asimilado parte de tu silenciosa doctrina, porque mi voluntad le negaba a mi vida este placer de vivir con el corazón dividido. Y por eso, mientras me mordía las uñas, negaba a mi madre con todas las fuerzas de mi amor, sin ignorar que en ella negaba al mismo tiempo al mundo, lo que era tanto como negar la vida misma. Sabía que de este modo cortaba toda posibilidad ulterior de regreso y que a partir de entonces el camino de mi destrucción no sería aliviado en modo alguno por la evocación amorosa del pasado, y esto a su vez haría de mi muerte una caída en brazos de la nada en lugar de un regreso al recinto materno. Pero también sabía que si lo que yo entendía oscuramente por futuro habría de ser un día patrimonio del hombre, se debería en parte a los que, como yo, una tarde negaron su propio pensamiento en la esperanza de que de esta negación naciera ese futuro, en el que la contradicción no fuera una forma de vida. Y si no hubiera sido por estas reflexiones, tampoco habría encontrado el valor indispensable para abandonar mi alcoba a la hora de la cena. Pero entonces ya sabía a qué atenerme con respecto a mamá; sabía ya que desear su muerte en pro de mi vida no era el deseo enfermizo de un loco acorralado, sino una difícil renuncia consecuente con una nueva moral, cuya virtud máxima consistía en no serlo; una nueva moral que no lo era, porque estaba del lado de la vida y la vida no necesita tales calificativos.

Son su organización y su estudio quien los ha inventado en favor de la esclavitud y de la muerte. Y así como las palabras regresan siempre a su significado primitivo, así mi ser comenzaba a palpitar con el regreso al origen de la vida sumiéndome en una inmovilidad dichosa, en la que nada me era necesario, pues por primera vez sentía los latidos de mi corazón y los ríos de sangre que esa bomba prodigiosa lanzaba hacia los lugares más extremos de mi geografía. Y así habría permanecido para siempre de no ser porque la perfección no es cosa de minutos, y también porque el trabajo que el orden establecido había ejercido sobre mí no era fácilmente eliminable, ya que mi estado de descomposición llegaba al punto de obligarme a responder cuando me llamaban por mi nombre, como ahora, que mamá me sacaba del ensimismamiento nombrándome por tercera o cuarta vez. Se interesaba por la conversación que había mantenido contigo mientras te afeitaba. Seguramente había interrogado ya a la pequeña Rosa, y ante la ambigüedad de sus respuestas infantiles habría decidido acudir a una fuente de información más segura. Le respondí que no habíamos hablado de ninguna cuestión importante. Pero ella insistió preguntándome ahora si te habías interesado por el estado de Jacinto. Estábamos solos en la cocina.

La pequeña Rosa aprendía a dividir en el comedor y tú te hundías ya seguramente en la curva más alta de la fiebre. Di un buen bocado a mi trozo de pan y respondí con la boca llena que, en efecto, me habías preguntado por Jacinto, pero de un modo rutinario y sin interesarte realmente por mi respuesta. Mi manera de hablar, a causa de la bola de pan que interceptaba a mi lengua, le molestó, pues le quitaba a la escena el tono trágico e intimista que ella andaba buscando. Y por primera vez la vi insegura ante mi grosera actitud. Tal vez —pensé— comenzaba a dudar de cuanto había ocurrido. Tal vez comenzaba a atribuir a la imaginación un cierto poder para jugar en contra de nuestros intereses. Permaneció en silencio unos minutos. Seguramente repasaba los hechos para convencerse de que no había sido un sueño mi entrada a por la llave, ni mi regreso posterior para devolverla. Recordaría también la fracción de segundo que mi mirada mantuvo con la suya antes de cerrar la puerta. La desventaja de este último hecho estribaba, sin duda, en que había sido tan fugaz que no era posible relacionarlo con otro o con los otros hechos simultáneos, que le diesen ahora consistencia. Su seguridad, si la recuperaba, pensaba yo que habría de venirle del largo intermedio habido entre mis dos apariciones, pues en ese intervalo tuvo tiempo de estar ansiosa de que las cosas terminaran para ver finalmente mi reacción. Pero tal vez la fatiga y la edad la hubieran obligado a descuidarse unos segundos, y entonces sí que habría perdido toda esperanza de recuperar un punto de referencia fijo, pues quien se reconoce a sí mismo que ha dormido un tiempo pierde con este reconocimiento la fuerza moral para negar que no haya dormido todo el tiempo. Finalmente recuperó su gesto habitual y comenzó a colocar la cena de Jacinto sobre la bandeja que utilizaba para los enfermos. Lo hacía de un modo extraño y reposado como si quisiera llamar mi atención sobre los movimientos de sus manos, que partían el pan o aclaraban un vaso con temor a dar fin a cada gesto que su trabajo le imponía. Tal vez pensaba que acabaría por rebelarme ante tanto absurdo, ofreciéndole de este modo la oportunidad de invadir el último vestigio de mi libertad interior. Pero yo permanecía indiferente ante aquel ceremonial eterno, y cuanto más lo prolongaba, más indiferencia le daba el odio a mi gesto, hasta que al fin ya no cupieron más cosas sobre la bandeja, y aun entonces intentó provocar mi llanto, pues se volvió hacia mí y mirándome largamente dijo: «Voy a llevarle esto a tu hermano. Cuida de que la niña no moleste a papá». Yo le respondí afirmativamente con un movimiento de cabeza y me puse a jugar con una bolita de pan sobre la mesa; entonces mamá recogió la bandeja y se marchó de allí ocultando a medias su confusión. Sentí pena por ella a pesar de todo, y perdí en un instante toda mi firmeza anterior. Luego bastó que transcurrieran dos minutos para que me sintiera deprimido, hasta el extremo de que no habría podido mover ni un solo dedo, y eso en el caso de haber sido capaz de tomar tal decisión. Éstos son, padre, los resultados de no vivir en absoluta soledad; la experiencia interna muere continuamente a manos de la experiencia externa, y nos llega la edad entre los acontecimientos sin que nos haya dado tiempo a calibrar las posibles ventajas de una soledad ininterrumpida. No obstante, la depresión también tenía sus ventajas, porque le daba pereza y debilidad a mi cuerpo, lo que me sumergía en un estado de pasividad física, que era otra forma de defensa contra las acechanzas de mamá. Y ayudado de esta indiferencia física soporté aquella noche, en la que nada de lo que mamá expresó o hizo se remitía a su primer significado. Al final venció mi indiferencia y la duda quedó intacta. Yo recogí mis restos con las primeras luces y me arrastré sin fuerzas desde la madrugada hasta mi alcoba, donde volví a llorar contra mi pecho. En vano intentaba atrapar alguna de mis lágrimas; se deshacían entre la punta de mis dedos, y su materia era la misma que la materia del sudor o de la orina: restos de los que el cuerpo se deshace después de un largo proceso selectivo.

Querido padre: hoy renunciaría a todo lo que he escrito si estos papeles no fueran el único refugio de mi identidad. No tengo adónde ir ni qué hacer. No sé quién soy hasta que leo esta espiral, que palabra a palabra me vomita y completa mis rasgos línea a línea. Cuando ya estoy entero es también esta carta la que me sienta donde estoy sentado ahora, y hace que el ambiente se ponga a funcionar. Entonces, al fin, me doy cuenta de mi presencia y entro en relación con la escasa luz que llega hasta este sótano. Un instante después comienzan a inquietarse las presencias enjauladas, y yo avanzo con el lápiz unos centímetros sobre el papel. De este modo crezco y conquisto mi muerte día a día. Es por eso por lo que se me hace tan difícil la renuncia, a pesar de que el artificio del lenguaje y los silencios creados por el desplazamiento de algunas palabras no sean adecuados para la última circunstancia por la que atravesáis, según el breve comunicado de los periódicos. Yo no quise saber de vosotros nunca más para que de este silencio entre vuestra circunstancia y la mía naciera esto que no es amor ni la nostalgia del amor, pero que viene y se queda en este recinto, donde mudas palabras que jamás serán voz barajan su existencia en unos pocos —y tan largos, no obstante— centímetros cubiertos de papel. Yo creía que de este amor nacería el olvido que alimentara mi futuro, pero sólo existe el pasado, y ahora, que el espejo comenzaba a devolverme una cierta imagen de mí mismo, ahora, que cuando ocupaba una habitación, la habitación quedaba ocupada, y que hasta se podían oír mis pisadas sobre el suelo al caminar, una hoja atrasada de periódico, en la que me habían envuelto los escasos alimentos que consumo, me habla de vosotros y cuenta con palabras de orgullo de qué manera habéis sido capturados en virtud de las leyes de la selva. Hablan también de la última persona que intentó ayudarnos y de la pequeña Rosa, que por su estatura ha sido recluida en un presidio diferente —que no tiene nombre de presidio— en el que será reeducada para que no se atreva un día, como su padre hiciera, a enfrentarse con el león, que es el rey de esta selva. A Jacinto y a mí todavía nos buscan. Ignoran que uno está muerto y que el otro no sabe a cierta ciencia ni si está, pues, como te decía, el conocimiento de estos sucesos ha trastocado un poco la imagen que empezaba a formarme de mí mismo, ya que en virtud del lastimoso amor que os tengo, sufro por vuestras circunstancias, y pienso que el dulce escepticismo que irradio en estas páginas es más bien repugnante cuando quienes me quieren se enfrentan directamente a la tortura. Renunciar a lo escrito y comenzar de nuevo, acordándome en cada palabra de vuestra suerte, daría lugar a un documento distinto, en el que yo me reconocería con menos vergüenza que con la que me reconozco en éste, sobre todo ahora que la evidencia de los hechos impide a mi imaginación otorgaros un final menos desastroso. Pero eso me llevaría un tiempo del que no sé si puedo disponer, pues he gastado ya la mitad de mis reservas. Por otra parte las hembras a cuya evolución estoy atado de algún modo, ya no pueden apenas retener sus crías en el vientre. Además, ahora sé que andan detrás de mí, y esto me limita de un modo considerable, pues me hace participar, más que ninguna otra cosa, del tiempo exterior; lo que quiere decir que en adelante habré de valorar la sucesión de los días no sólo en relación a los acontecimientos de este simulacro de vida, sino en relación también con la distancia que, en la opinión de los que me buscan, existe entre el tiempo y el fracaso, cuestión ésta que ignoro por completo, lo que me obliga a sentirme apremiado y nervioso, pues aún después del descubrimiento del cadáver de Jacinto hubo acontecimientos de importancia, en los que he de nacerme todavía por ver si la memoria se sacia finalmente y me es posible dar el salto hacia una realidad que a la luz de los últimos sucesos se muestra cada vez más confusa y distante.

Así pues, recuerdo ahora —y te lo explico— que superados con éxito los primeros intentos de mamá por cerrar el triángulo, que nos uniera en el reconocimiento de la muerte de Jacinto, superados estos intentos, yo empecé a conformar mi carácter en consonancia con el nuevo molde que el triste descubrimiento me ofrecía. Y mientras esta actividad de acoplamiento a mi propia historia se desarrollaba con independencia de mi voluntad en el área correspondiente, mi cuerpo recuperaba con lentitud el placer del paseo. Y así, poco a poco, volvía a recorrer la casa, mientras todos dormíais y Jacinto yacía. Pero ahora caminaba más despacio y distraído, como si mi atención estuviera continuamente reclamada por algún pensamiento interesante. Esto es lo que creo que habría pensado cualquiera que me viese. Pero nadie me veía, padre, excepto yo mismo, y te puedo decir que mi forma de andar o de detenerme con gesto sombrío junto a la ventana no eran la apariencia exterior de un apasionante coloquio con mi ser, sino la pobre defensa de quien trata de conciliarse con el miedo. Y el miedo en sus múltiples aspectos —miedo a no dejaros nunca de querer, miedo a que no acabáramos jamás de disolvernos— crecía con más desorden del que cualquiera podría soportar. Y yo tenía que ir ordenándolo por capas, desde el diafragma hasta las sienes, y cuando ya mi pecho parecía que iba a estallar con tanto miedo, aun entonces tenía que colocar un par de capas intentando no tocar el corazón. Por eso, tal vez, me detenía sombríamente junto a una ventana y disimulaba mi intensa actividad interior con algún gesto leve que me ocupase una mano, para de esta manera dar la sensación de que me parecía a los otros, que atravesaban el patio y se llamaban. Después de una de estas agotadoras sesiones, la inmovilidad propia de mi situación me conducía a refugiarme en mi imaginario amor, al que por otra parte, y a estas alturas, ya veía víctima del trabajo y del comercio, que es la actitud primera que distingue a los hombres. Los primeros momentos eran especialmente difíciles, porque me empeñaba yo en ver su rostro, y exigía recordar sus gestos principales, como cuando en el sueño me acercaba sus labios y yo podía ver hasta el color de sus ojos; pero estas visiones interiores estaban ahora sometidas a las deformaciones propias de la vigilia, y al final me era preciso renunciar a su rostro y hundirme con los ojos cerrados en el resto de su cuerpo, en el que las señas personales carecen de la importancia que le damos al rostro. Y en este hundirme entre sus senos, que resumían la redondez y la dureza toda del resto de las cosas, emborrachaba un trozo de la tarde y alimentaba mi complejo de culpa al jugar con mi cuerpo de un modo tan tipificado por las leyes eternas que hasta tenía un nombre y, por lo tanto, pensaba yo, un largo historial, que en cierto modo me justificaba. Después de lavarme, deambulaba aún un par de horas, y luego comenzaba a despertaros con una pobreza tal de movimientos que en ocasiones prolongaba vuestro sueño hasta más allá de la caída de la tarde. Esto al principio irritaba a mamá, pues se quejaba siempre de que tenía que hacer esto o lo otro, y yo se lo impedía al llamarla con retraso. Pero poco a poco fue debilitando y espaciando sus quejas, porque comenzaba a comprender que en nuestra situación no cabía ideal más práctico que sentirnos a gusto con la pura inactividad. Y el camino más firme para alcanzar esta meta no era otro que el sueño. De manera que lo conveniente sería dormir una hora más cada tarde hasta llegar el punto de dormir veinticuatro horas al día. Eternamente.

Pero tampoco esto fue posible, ya que una de esas tardes, en la que el ejercicio del sueño se alargaba hasta horas insólitas y que incluso mi manera de estar despierto comenzaba a parecer una ausencia debido a que en mi lento deambular había ido eliminando progresivamente movimientos superfluos, hasta quedarme detenido, como estatua de sangre, en un rincón cualquiera de la casa, una de esas tardes, te decía, sonó el timbre de la puerta y se quebró el ambiente que habíamos venido construyendo. Sucedía otra vez lo que para mí ya era un fenómeno de sobra conocido: la realidad exterior obstruía cualquier intento que consistiera en la fabricación de otra realidad que no se rigiera por sus normas. Ahora lo hacía en forma de sonido y me obligaba a dirigirme —obediente a este estímulo— hacia la puerta de la casa con más miedo que ausencia, porque sabía que tenía que ser un extraño quien esperaba que alguien le abriera. Antes de llegar a la puerta sonó el timbre otra vez confirmando mis temores sobre la realidad del acontecimiento. Apresuré mis pasos de un modo instintivo hasta que la alcancé y la abrí. Se trataba de un hombre algo más joven que tú, pero de aspecto parecido en la manera, sobre todo, de vestir y de mover las manos. Expresó su deseo de verte, y yo le invité a pasar un poco más tranquilo, pues su aspecto no era inquietante en absoluto.

Por un momento estuve a punto de ir a avisarte, pero en seguida me di cuenta de que tú ya no podías representarte a ti mismo, y cambié la dirección de mis pasos. Mamá estaba profundamente dormida a pesar de la hora, pero bastó con rozarla el hombro para que se incorporara. Esperé a que me reconociera y le expliqué después lo del hombre que aguardaba en el recibidor. Jamás olvidaré su expresión, de susto primero y luego de esperanza, expresiones éstas a las que sometió su gesto alternativamente por espacio de unos segundos. Transcurrido este intervalo, recuperó la voz, y me mandó salir de la alcoba para vestirse, advirtiéndome que no se me ocurriera despertarte. Cerré la puerta y me dirigí otra vez al recibidor para buscar un sitio desde el que les oyera hablar cuando mamá apareciese, porque aún no acababa de comprender lo que estaba ocurriendo. El hombre continuaba allí, y según pude observar estaba muy nervioso, porque no dejaba de mirar hacia un extremo y otro del pasillo, como si quisiera entrar en nuestra casa. Yo le sonreí delicadamente al pasar de nuevo junto a él, y le rogué que esperara un poco. Después fui a colocarme detrás de aquellos cortinajes raídos, que ocultaban parcialmente la parte derecha del pasillo y que marcaban por ese lado su comienzo. Procuré no moverme ni hacer ruido al respirar, porque el hombre, que estaba tan sólo a dos o tres metros de mí, al otro lado de las cortinas, habría acusado fácilmente cualquiera de estos movimientos. Al cabo de unos minutos escuché los pasos de mamá que se acercaba por el otro extremo del pasillo. Asimismo, algo me indicó que el hombre ejecutaba un tipo de movimientos diferente. En seguida se escucharon las voces. Sucedía que ese hombre —yo aún no lo podía creer— era uno de los destinatarios de tus cartas, y no sólo la había recibido y había entendido la clave del remite, sino que se excusaba ahora ante mamá por haber tardado tanto tiempo en presentarse, pero argumentaba en su descargo que las cosas estaban especialmente difíciles en aquellos momentos, y que todo olía a trampa, por lo que había hecho primero sus averiguaciones. Ahora le tocaba el turno a mamá, que, recuperada de la primera impresión, comenzaba ya a hacer uso de su extraña habilidad para inutilizar al interlocutor y para llevar la conversación a los lugares que más le conviniesen. De este modo, y después de haber aceptado sus excusas, hizo un resumen perfecto de nuestra situación en lo que se refería al aspecto económico; es decir, que no habló de tu enfermedad, ni de Jacinto, ni siquiera insinuó nuestro desastroso estado moral sino que logró plegarse magistralmente al aspecto económico para tantear seguramente el terreno antes de ofrecer al visitante una visión más amplia del campo de operaciones. Inmediatamente y sin transición, reparó en el hecho de que no le había invitado a pasar, por lo que al tiempo que le pedía disculpas, le empujó hacia el pasillo para hablar en un sitio más cómodo. Yo me metí entre los pliegues de las cortinas y pasaron junto a mí sin verme a pesar de que mi reacción había sido un poco brusca. La voz de mamá avanzó a lo largo del pasillo y después de torcer a la izquierda continuó un trecho más en línea recta hasta detenerse, convertida ya en un eco lejano, a la altura del comedor. Cuando calculé que se habían acomodado me acerqué en silencio hasta ocupar en el pasillo una posición que me permitiera escuchar claramente, pero que al mismo tiempo me ofreciera garantías de retirada en el caso de que decidiesen salir del comedor en un momento dado. Esto no fue difícil, porque aquel pasillo recogía sus voces y las transmitía intactas casi hasta el recodo mismo, muy cerca de donde yo me había situado. Mamá intentaba averiguar ahora lo que el visitante sabía de nosotros; es decir, hasta qué punto le habrías hecho partícipe de nuestra situación en tu carta. De esta forma nos enteramos de que si bien habías hablado de tu herida y de su posterior infección, no habías mencionado, sin embargo, nada en relación a Jacinto, que sería sin duda el punto más delicado y comprometido para cualquiera que intentara ayudarnos. Yo pensé por un momento que si en verdad hubieras conocido el auténtico estado de Jacinto, ni siquiera te habrías atrevido a pedir ayuda, pues yo al menos no era capaz de imaginar de qué manera podíamos librarnos de aquel cuerpo, que exigía ahora más cuidados que cuando estaba vivo. Por fortuna, la única persona que de un modo oficial estaba enterada de aquella muerte era mamá, y a ella le correspondía por tanto hacer frente al problema, que tal vez a esas alturas ya tenía solucionado, porque en aquellos momentos le explicaba al visitante que en realidad éramos cuatro a huir, ya que su otro hijo se había quedado con unos parientes, que nos habían prometido ocultarlo y arreglar su situación después de que transcurrieran unos años.

Tal vez te preguntes por qué me dedicaba a escuchar como un ladrón en lugar de tomar parte de un modo directo en aquello, que a mí me concernía tanto como a cualquier miembro de la familia. La respuesta es la de siempre: no quería saber de una manera oficial cosas que me empujaran a tomar decisiones cuyas consecuencias nos afectarían a todos. Mi destino no me importaba demasiado, pero el vuestro me parecía una carga insoportable; por eso recurría a estas formas de conocimiento que, al final, de poco han servido, ya que el azar tiene recursos contra los que nada pueden nuestras débiles maniobras.

Al visitante le pareció bien lo de Jacinto, e insinuó si no se podía hacer algo parecido con la pequeña Rosa para facilitar más la huida, a lo que mamá se negó de un modo que no daba oportunidad de réplica, por lo que el hombre abandonó el asunto y dirigió su atención a temas menos escabrosos. Se interesaba ahora por el modo en que habíamos conseguido aquella casa, mostrando cierta inquietud por el tipo de relaciones que tal hecho nos habría obligado a iniciar. Mamá le tranquilizó inmediatamente al darle a conocer la identidad del dueño. Le explicó que la renta era muy baja y que habíamos pagado varias mensualidades al llegar. Luego se extendió en algunos pormenores relativos a la situación de nuestro casero, que contribuían a afirmar su seguridad, y acabó por confesarle que todos los muebles de la casa eran nuestros: tal era la confianza que teníamos en el dueño del inmueble, pues de otro modo no nos habríamos atrevido a hacer el costoso traslado. El hombre pareció tranquilizarse con estos detalles, pero dijo que de todas formas aquellos muebles no volverían a cambiar de lugar, porque la vigilancia en las carreteras se había acentuado con los últimos sucesos. Mamá se conformó sin oponer resistencia, y acto seguido decidió que había llegado el momento de ir a verte, por lo que me llamó con un grito para encargarme que te despertara.

Me alegraba ser yo mismo el que te diera la noticia, pues imaginaba hasta qué punto debía de ser importante que una de tus febriles cartas hubiese encontrado su destino. Eso al menos te indicaría que no estabas solo en la huida y la aligeraría en parte de la sensación de absurdo que el prolongado aislamiento le había otorgado. Encendí la luz, pues ya era noche cerrada y te llamé de un modo festivo para prolongar de alguna forma la noticia. Tú me preguntaste en seguida de quién se trataba, y no supe responderte, porque no había dado su nombre o yo al menos no lo había oído. Te ibas a levantar, pero te lo prohibí con cierto tono paternalista indicándote que en seguida vendría él mismo a verte acompañado de mamá. Hiciste algunos gestos clásicos para mejorar tu aspecto y un instante después los oímos acercarse a la alcoba. Recuerdo cómo entró en tu habitación y cómo fue hacia ti para abrazarte. Después sólo fuisteis capaces de miraros y de sonreír como si no existiese otro código de comunicación posible entre vosotros. Al fin, mamá rompió el silencio con alguna frase inoportuna y las palabras comenzaron a ocupar el espacio cargado de sentido que había entre vuestras miradas. También en ese momento la pequeña Rosa despertó y asomó la cabeza al espectáculo insólito de un extraño en la familia. Yo le dije que se pusiera algo sobre el camisón y la llevé conmigo a otra parte para que hablarais con tranquilidad.

Me resulta difícil, padre, concentrarme en aquellos sucesos, porque mi atención se desvía continuamente hacia ese trozo de periódico, que no he sido capaz de romper. Lo leo una y otra vez en la esperanza de haber cometido algún error en las anteriores lecturas. Pero es un texto rotundo. Pienso en su autor, cuya imaginación debe de subsistir en condiciones muy precarias, ya que ha confeccionado un documento que no admite dos interpretaciones diferentes. Habla también del apellido falso que nos identificaba hasta ahora y a continuación da a conocer el verdadero para mayor escarnio de nuestra familia, cuyo odio hacia ti tiene que estar llegando a extremos de locura. A mí esto de encontrarme con mi propio apellido en letra impresa me produce una sensación de otredad que me libera en parte de la tensa situación que soportan mis nervios. Pero no es en modo alguno un consuelo definitivo; lo definitivo es lo otro: que ya nunca recuperaré la ignorancia del destino final de mi familia, ignorancia que pagué a precio tan alto y en la que se apoyaba la última posibilidad de mi futuro. Porque ahora ya todos los caminos conducen a vosotros, de manera que lo que quise convertir en recuerdo se ha tornado en memoria, y la memoria tiene más relación con el futuro que con lo sufrido. Pero pienso también que este inventario en el que intento poner en sucesión tantos hechos cuya evocación simultánea me paraliza a veces, debería llegar al menos al punto en el que lo comencé, para que cuando todo acabe no me sienta arrojado a mi última circunstancia desde un lugar poblado de voces sin rostro, como el navegante que abandonado por el azar en una playa extranjera perdiera la memoria, pero conservara, sin embargo, la nostalgia. Yo no quiero sufrir esa horrible sed de recuerdos que acomete a los hombres en sus últimos instantes, sino que quiero sentirme solidario con todo lo vivido, hasta el punto de que recordar se convierta entonces en una operación absurda, ya que el recuerdo no hace sino reclamar para sí algo que no le pertenece. Pero tú mismo ves cómo cuando el deseo de acabar es más fuerte, este propio deseo obstaculiza y desvía mi labor, alargando el camino que conduce hasta mí. Por eso lucho contra la imaginación, que me acerca a vuestro estado actual, y regreso después de tantas interrupciones de diferente signo a aquel día en el que apareció tu compañero. Estaba recordando que abandoné la habitación con la pequeña Rosa para que hablarais con más tranquilidad. En el comedor me di cuenta de que el pánico endurecía el gesto de mi hermana. Debía de haberse construido una rara idea sobre la organización del mundo, pues relacionaba el hecho de que un ser extraño entrara en nuestra casa con alguna desgracia inevitable y próxima. La incité a hablar y en seguida hizo varias preguntas que de puro absurdas reflejaban nuestra realidad con más exactitud que todas las reflexiones que hubiese yo podido acumular en tantas tardes infinitas. Por fortuna mis propias inquietudes oscurecieron en seguida las suyas, pues comenzó a dolerme hasta tal punto el no enterarme de lo que sucedía en tu cuarto que ya no pude retener mi atención sobre nada, hasta que al final oí los pasos que anunciaban la marcha de tu compañero. La voz de mamá venía aturdiéndole a lo largo del pasillo con detalles insignificantes, y él se defendía con monosílabos escogidos al azar.

Cuando al final llegó la parte de la noche que mamá y yo dedicábamos a la vigilia, mi impaciencia desbordaba ya a mi escepticismo. Te había costado trabajo dormirte excitado como estabas por los nuevos acontecimientos, pero te hundías ya en una ausencia que hacía muy difícil de soportar el silencio que crecía entre mi madre y yo. Ella se estaba dando tiempo para avivar aún más mi curiosidad, y yo, por mi parte, confiaba en su incapacidad para mantener un silencio prolongado. La cuestión no era otra que mi negativa a participar en los proyectos familiares, por eso esperaba que fuera ella quien iniciase la conversación, para quedar yo libre de sospecha en lo que se refería a ese punto. El centro de gravedad de todas estas violencias ocultas era, como ya puedes suponer, la muerte de Jacinto. Por eso mi silencio prolongaba mi angustia, porque yo no quería darle la mínima oportunidad para que me contara la historia de su muerte; no habría podido soportarlo. Pero menos aún habría soportado las consecuencias a que me arrastraría tal conocimiento, ya que entonces yo debería dar alguna idea para eliminar el cadáver, y, lo que es peor, eliminarlo. Me daba escalofríos también pensar en el momento en que abandonáramos la casa, pues no veía el momento en que se te podría seguir ocultando entonces la muerte de Jacinto. Y aunque había imaginado numerosas reacciones por tu parte ante la noticia, ninguna de ellas contenía, sin duda, el grado de realidad que la realidad alcanzaría. Por eso soportaba aún durante unos minutos aquel silencio de piedra que la insegura luz de la vela sombreaba con sus movimientos, y por eso mamá mostraba un perfil duro poco usual en nuestras relaciones nocturnas.

Con la segunda bujía se consumió también mi paciencia, y le pregunté al fin por el resultado último de aquella visita. Por fortuna encontré el tono perfecto, de manera que a un espectador imparcial le habría parecido una pregunta de rutina lanzada tan sólo con el objeto de restar violencia a la situación. Mamá dejó unos segundos de pausa para ver si los nervios me traicionaban con algún gesto de impaciencia. Pero a estas alturas yo era un especialista en gestos, porque sabía muy bien que no hay defensa tan eficaz contra la tortura como un buen gesto a tiempo. Me dijo al fin que nuestro visitante había mostrado cierta preocupación por tu aspecto, y que había expresado asimismo su intención de hacer venir a un médico de su confianza, que resolvería este primer obstáculo. Como yo había imaginado, una vez que mamá comenzó a hablar le tomó gusto al monólogo, y ya no fue necesario estimularla durante el resto de la noche. En seguida me explicó que, según había dicho tu amigo, lo único que por el momento no constituía ningún problema era el dinero. Por lo visto había dinero a manos llenas, lo que a mí me hacía dudar de su valor, aunque sin duda serviría para resolver cuestiones de orden práctico más inmediatas. Después pasó a la historia del alquiler de la casa; me dijo que tu compañero había quedado en ir al día siguiente a ver al dueño para pagarle varias mensualidades adelantadas, de forma que asegurara su silencio. Luego se enfangó en algunos detalles, que maldito lo que me interesaban, y a continuación expuso algunas cuestiones relativas al medio de transporte que utilizaríamos en la siguiente fase de la huida, así como el momento en el que se pondría en marcha esta fase, momento que aún era desconocido, porque sería preciso esperar la ocasión. A estas alturas yo ya no la escuchaba. Sorprendentemente todo mi interés anterior había desaparecido ante el hecho de que tu amigo no nos ofrecía ninguna solución milagrosa.

Tal vez te resulte algo extraña esta actitud. Pero modificarás sin duda ese primer juicio reflejo, si piensas en la fatiga que acumulaba ya en aquellos momentos. Todo cuanto tocaba se convertía en futuro, pero sólo tocaba muerte, sucesión, vigilia a manos llenas. Por eso iba perdiendo el interés a medida que mamá pormenorizaba su relato, porque comprendía que me hablaba de un plan de fuga tan vulgar como todos los que hasta entonces había conocido. Y los planes vulgares no sólo comportan una ausencia total de distinción interior, lo que ya era grave para mí, que estaba cada vez más diluido, sino que además cargan el acento sobre la parte de la huida que corresponde a su planificación y estudio, lo que, como verás, revela que el sujeto que huye no está muy convencido de su voluntad de huir, pero tampoco sabe a ciencia cierta si quisiera quedarse. Entonces entretiene su indecisión con algunos proyectos, que en etapas sucesivas se van superando hasta alcanzar por este camino tal límite de perfección, que necesariamente el objetivo primordial —que era la fuga— queda relegado a un segundo plano. Y eso en las ocasiones en que la misma fuga no desaparece del todo, como sucede cuando el sujeto transfiere a su plan el auténtico y profundo significado de la huida —que no es otro que la desaparición total y silenciosa— tan lejano, como bien puedes ver, del acto de embarcar el cuerpo en cualquier sitio y hacia cualquier destino.

Pero no bastó mi silencio obstinado ni mi actitud indiferente para que mi madre se callara, sino que continuó toda la noche cerrando, palabra tras palabra, el cerco en torno al tema de Jacinto. Con la habilidad de un predicador barajaba las frases y las cambiaba de lugar en el discurso, de manera que lo que ahora parecía secundario crecía como dotado de una fuerza interna, y reaparecía irresistible y violento en la esquina más inesperada del monólogo. Por eso cualquier alusión, por lejana que fuera, al tema de mi hermano se convertía en una amenazante inquietud, pues podía desarrollarse de un modo imprevisible y oculto hasta aparecer de nuevo en forma de auténtica revelación: la de su muerte. Pero por fortuna para mí este trabajo al que mamá entregaba su instinto no sólo requería habilidad, sino también un tiempo mínimo de preparación. Y si lo primero le sobraba, lo segundo se medía por horas hasta el amanecer. Por eso creo que me salvó la alta madrugada, pues —como trataba de decirte— hubo un momento en el que nada le habría impedido abordar el tema de una forma casi necesaria: tan sólidos eran sus cimientos ocultos. Pero el amanecer barre con la primera luz cualquier loco proyecto nocturno y arrebata así la gratuita seguridad que nos dieron las sombras.

De este modo acabó aquella noche, la más cercana a mi claudicación total. Yendo poco después hacia mi alcoba trataba de tomar conciencia de la gravedad del asunto. No debería olvidar que la amenaza estaba lista para convertirse en hecho, y esto me producía una inquietud que unida a mi habitual sensación de transitoriedad aumentaba el cansancio y alejaba el sueño. Inútilmente modifiqué mil veces mi postura o determiné el color de mis pensamientos: el tiempo se acostaba a mi lado y se iba de hora en hora sin permitirme caer en el olvido.

De todas formas, creo que acabé por dormirme, pues no oí la puerta ni vi a la pequeña Rosa hasta que me tocó la cara. Tenía las manos muy frías y me sobresaltó su contacto, de manera que hice un gesto brusco que aumentó su miedo. Cuando me di cuenta de que estaba asustada, la senté junto a mí y la miré de cerca componiendo una sonrisa. Ella dejó pasar unos instantes y luego me contó que el hombre de la noche anterior había vuelto con otro hombre alto, que llevaba una cartera negra. Dijo que hacía rato que los dos estaban con mamá en tu alcoba. Supuse que se trataría del médico que tu amigo nos había prometido y que estaría curándote al fin de un modo adecuado. Entretanto mi hermana me pedía con los ojos una respuesta tranquilizadora. Seguramente mamá se habría olvidado de ella con la visita del médico, y la pobre habría estado una hora o dos perdida por la casa presintiendo escenas terribles y próximas. Yo la tranquilicé superficialmente explicándole de un modo un tanto ambiguo el significado salvador de aquella visita. Y ella se tranquilizó, pero en superficie también, porque en algún punto de sus ojos podían verse las señales de quien ha sido ganado por el miedo. De poco serviría que abandonáramos la casa y que todo se cumpliera de acuerdo con las previsiones más optimistas, ya que en adelante mi hermana no necesitaría salir al pasillo para recorrerlo, porque el pasillo estaba ya dentro de ella con sus baldosas rotas y sus puertas marcando la distancia que la separaban del cuarto de Jacinto. Le dije que abriera las contraventanas porque el juego de sombras acentuaba los caracteres trágicos que yo proyectaba sobre su rostro. Saltó de la cama sin ninguna pereza y yo cerré los ojos en un esfuerzo de concentración, porque temía disolverme ante el enfrentamiento con una nueva conciencia atormentada. Cuando salí a la superficie, mi hermana introducía ya debajo de la mesa el taburete con el que se había ayudado, mientras la luz atravesaba los cristales diluyendo hasta los trozos de sombra más compactos. Entonces le dije a la pequeña Rosa que permaneciera de espaldas y me descubrí y salté sobre el suelo frío en busca de los pantalones. Cuando ya me ponía los zapatos, mi hermana me preguntó que qué íbamos a hacer. Le dije que mataríamos el tiempo. Entonces se dio la vuelta y vino a abrazarme. Sonreía.

Fuimos después juntos hasta el cuarto de baño. Ella se sentó en la taza y comenzó a mirarme mientras yo me lavaba. Normalmente nunca tardaba más de dos minutos en esta operación, pero el hecho de sentirme observado me incitaba a actuar con una morosidad narcisista, que prolongaba cada gesto hasta más allá de lo necesario. Cuando comencé a aburrirme con el espectáculo, mi hermana me miraba aún con mayor atención, por lo que —contra mi costumbre— me limpié también los dientes. Como no había pasta, hube de frotar el cepillo contra el jabón, lo que me obligó luego a tener cuidado de no tragar nada para no estropearme el estómago. De todos modos me costó un gran esfuerzo, y si no hice ningún gesto de desagrado ante aquel sabor desconocido, fue porque eso habría sido lo normal, y mi hermana tenía que empezar a acostumbrarse a otras cosas. Finalmente reprimí las ganas de orinar para evitarle un mal momento, porque ya había visto que no estaba dispuesta a apartarse de mi lado ni un solo instante. Entonces la cogí de la mano y dije «vamos a ver a esos hombres».

Recorrimos todo el pasillo gastándonos bromas y diciendo tonterías, lo que no impedía sentir un cierto olor a descomposición en las cercanías del cuarto de Jacinto. No pensé que mamá se hubiera olvidado de renovar la colonia, sino más bien que contra aquel olor ya no podía luchar ningún perfume. Este descubrimiento fue como un golpe inesperado; detuve mis pasos ante el estupor de la pequeña Rosa, que había notado mi cambio de actitud. Transcurridos unos segundos me dije que las cosas se estaban precipitando y que yo no estaba preparado para afrontar aquella situación. El olor de un cadáver se expande como el humo; penetra por el resquicio más oculto y se convierte al salir en una nube invisible que lo invade todo hasta encontrar otro resquicio. Lo que quería decir que de no tomar alguna medida de inmediato aquel olor alcanzaría la escalera y después comenzaría a penetrar por debajo de las puertas de las casas vecinas en un tiempo que ni siquiera me sería posible calcular en días. Mi hermana me tiró de la manga y me dijo que hacía ya algunas horas que se notaba aquel olor, y que mamá le había explicado que se debía al desagüe del baño, que no funcionaba bien desde hacía algún tiempo.

Continuamos avanzando, y ya se empezaban a oír los residuos de vuestra conversación cuando me dije al fin que no tenía ninguna escapatoria, porque en el momento mismo en el que aquellos dos hombres abandonaran la casa —y dada la gravedad del asunto—, mamá me arrinconaría y me haría partícipe de su secreto. Con su secreto perdería también su fortaleza y yo tendría que ocupar su puesto. Tal vez puedas imaginar mi opinión sobre aquella perspectiva, pero no creo que pudieras alcanzar, ni en cinco vidas que dedicaras a ese intento, la intensidad de mi tristeza, llena de temeroso desprecio hacia la institución aquella de la vida. Cuando llegamos a tu alcoba, mi hermana se ocultó de las miradas utilizándome como escudo. Entonces yo expliqué desde mi palidez lo gracioso que resultaba el hecho de que todo el mundo se hubiera olvidado de ella, y que ella, asustada por la visita de dos hombres extraños, hubiera ido a despertarme. Todos rieron. Tú también. Los dos hombres se acercaron en seguida para congraciarse con la pequeña Rosa, y mamá y yo cambiamos un par de miradas, que cerraron la base del triángulo en cuyo vértice superior estaba Jacinto. Volví luego la vista hacia el médico que, efectivamente, era muy alto y hacía con las cejas un gesto de superioridad. Por un momento pensé que qué habría ocurrido si hubiera notado el olor del cadáver o si tu compañero hubiese hecho en tu presencia algún comentario relativo a la situación que mamá le había explicado sobre Jacinto. También mamá debía de temer algo así, pues se mostraba nerviosa y no hacía sino dirigir la conversación a cuestiones tan ajenas que parecía estar loca. Al fin se me explicó que te habían puesto una inyección y que en adelante vendría tu amigo todos los días para ponerte las siguientes hasta que la infección desapareciera por completo. El médico no volvería más, pues no debía exponerse demasiado. Pero si seguíamos sus instrucciones —que anotaba en una hoja de papel apoyándose en la cartera— las cosas seguirían un curso favorable. Después se bromeó sobre el modo en que mamá y yo te habíamos cosido la oreja, y el médico lanzó su opinión clandestina sobre aquella sutura casera, que después de todo había servido para que el miembro recuperara su lugar. El puente tendido entre mi madre y yo era tan real que hasta aquellos hombres lo acusaron, y con esto se inició la despedida. Te miré en un momento perdido y sonreíste. Te habían hecho un nuevo vendaje muy profesional y tu cabeza tenía mejor aspecto. La pequeña Rosa se había ido a tu lado y nos miraba desde allí a todos sin intentar llamar nuestra atención. Al fin las frases se acabaron y se repitieron los gestos y las sonrisas inteligentes dieron fe del peligro de aquella reunión clandestina. Al fin, tu amigo aseguró de nuevo que volvería a la misma hora al otro día, y al fin un golpe de cerrojo me colocó en el centro mismo del desamparo, como ahora, que he sentido chillar de un modo diferente a una de las hembras, y al llegar a la jaula he visto que había comenzado a parir. Es un triste espectáculo, por lo que entretengo la espera revisando de nuevo la noticia de vuestro final. Dicen también que opusiste resistencia con un arma, y yo no entiendo con qué objeto cuentan tales mentiras. No es que me pareciera mal que lo hubieras hecho, sino que esta imagen que intentan dar de ti se aleja de la realidad hasta tal punto que acentúa por contraste el recuerdo de tu debilidad última, y esto me pone triste y ya no sé qué hacer como no sea tirarme sobre la cama y comenzar a llorar con unos gritos que se oigan en toda la ciudad. Finalmente comienzo a romper en tiras muy estrechas el trozo de periódico y las introduzco luego por entre los alambres de las jaulas, para que los machos vayan comiendo algo mientras las hembras paren. Acaba de comenzar otra, quizá por un movimiento de solidaridad con la anterior. El macho está desconcertado y no se atreve todavía a acercarse. Un pequeño es empujado involuntariamente por la madre y rueda casi hasta el borde de la jaula. Como yo suponía, son lampiños y ciegos. Creo que los devorarán antes de que abran los ojos. La realidad. El recuerdo. Ya regreso al desamparo anterior, cuando se fueron tus amigos, y, a pesar de lo que yo esperaba, mi madre no se lanzó en picado contra mi corazón, sino que me indicó con una gravedad exenta de ternura que fuera un momento con ella al comedor. La seguí por el pasillo a una distancia desde la que no podía decirme nada trágico sin resultar ridícula, y al llegar a nuestro destino me senté para hacer fuerza contra la confesión. Mi madre sacó una caja de zapatos del aparador y de nuevo, en contra de mis previsiones, evitó al asunto. Abrió la caja para que viera su contenido, y creo que no pude evitar que se alterara mi expresión al ver tanto dinero junto. En efecto, la caja estaba llena de billetes cuidadosamente ordenados y dispuestos en pequeños fajos. Mamá me dijo que se lo había dado tu compañero para que ella lo guardase, y dispusiera de él como si fuera nuestro, de manera que no nos faltase nada en adelante. Y con aquel dinero desde luego no nos faltaría nada, si por esto entendemos comida abundante y algún capricho incluso, si tuviéramos humor para tanto. Extrajo un billete y me lo dio. Después colocó la caja en su sitio y comenzó a decirme que, mientras ella preparaba la comida, yo debería acercarme a unas obras que había a tres o cuatro calles de distancia y apalabrar con el encargado la compra de cuatro o cinco sacos de yeso. Me traería el primero en ese momento, y después de comer me traería los otros uno a uno, pues eran muy pesados. Yo tardé unos momentos en comprender la utilidad de aquella compra; tanto es así que a punto estuve de preguntárselo a mamá. Pero en el instante mismo de iniciar tal movimiento comprendí que aquel yeso sólo podía servir para enterrar a Jacinto y disimularlo en algún hueco de la casa. Mamá contempló durante unos instantes mi actitud pensativa y luego se marchó recomendándome al salir que no tardara, pues la comida estaría lista en media hora.

Aún quería, como ves, que fuera yo quien originara el primer movimiento de mi perdición. Tal vez había previsto que mi extrañeza diera lugar a alguna pregunta, que le permitiera a ella lanzarme al fin contra mi independencia. De todos modos, no debió preocuparle mucho mi actitud silenciosa, porque el hecho mismo de que callara indicaba que conocía la respuesta, y en las próximas horas tendría que firmar con las palabras lo que sobradamente había aceptado con el silencio. Pero hasta entonces aún quedaban unas horas de tregua, y quizá muchas horas y muchos días; tal vez todos los años que viviera marcarían la tregua que me separaba de aquella cita con mi madre, porque siguiendo muy de cerca a mis pensamientos llegaba hasta el aparador y extraía la caja y repartía la mitad de los billetes entre los escasos bolsillos de mi ropa. Después salía y bajaba a la calle y de repente tomaba conciencia de los fenómenos atmosféricos. Es decir que me daba cuenta de que a veces llovía y a veces no. Y cuando hacía sol, como en aquel momento, los hombres se arrastraban lentamente por las aceras y se desabrochaban las gabardinas para que el sol entibiara sus pechos. Las miradas eran también distintas bajo esta circunstancia atmosférica. Yo no podía apreciarlo mucho debido a que caminaba muy rápido para alejarme de vosotros; pero pensaba en estas cosas y recordaba los domingos aquellos en los que nos asomábamos al balcón para que el cielo, a través de los fenómenos llamados naturales, nos indicara el grado de felicidad que nos habría de deparar el día. Si hacía sol, mamá aligeraba parte de su mal humor, porque no se pasaría el día planchando y esas cosas, sino que iríamos al parque o a la playa, y tú nos comprarías algo que nos sorprendería. Pero para mí, por otra parte, aquellos domingos eran casi tan tristes como los de la lluvia, porque en el largo trayecto del tranvía observaba a la gente, y no se me escapaba que acababan de afeitarse para salir con la camisa blanca. Y se observaban en los transportes públicos como diciéndome: «Háblame, que estoy solo y no voy a ningún sitio, excepto al lunes, adonde llegaré en unas horas; entonces me meterán en algún sitio oscuro y pasaré allí el resto de la semana haciendo movimientos absurdos». Y se miraban, como te digo, en los transportes públicos, y yo veía lo ajenos que se eran, y que luego se morían bajo el mismo sol. Y así, domingo tras domingo, tomaba mi lección de tristeza; pero jamás pensé que con los años aquella soledad, seca como la tos de un enfermo, creciera hasta el punto de que no pudiera referirme a ella sino desde ella misma. Y menos mal, me dije, que ya nunca tendría a nadie con quien compartirla, porque si el espectáculo que te he descrito era bastante lastimoso, no podía, sin embargo, alcanzar, ni con mucho, la sordidez que reflejaban los grupos de dos o tres personas, que se sentaban una junto a otra y eran, como nosotros, una familia, y no se hablaban de puro solos que se los veía. Pero si en ocasiones se tocaban excesivamente por algún movimiento brusco del tranvía, volvían la cabeza o sonreían de una forma química por vergüenza de sentirse tan solos y tan cerca de empezar la semana. Con estos pensamientos trataba de poner distancia y laberinto entre nosotros. Cambiaba de acera casi continuamente y evitaba el ritmo en la elección de las calles laterales para borrar de mi memoria los caminos de un posible regreso. Así pasaron muchas horas según creo, porque el sol había cambiado de lugar cuando al fin me detuve. Entonces calculé que vuestra calle estaba tan lejos de mí como yo de mi infancia, y todo esto me pareció tan irreversible que entré en un bar, y después de pedir que me sirvieran cualquier cosa me metí en el servicio y estuve llorando un buen rato sobre el agujero en el que otros descargaban sus entrañas. Y lloraba con los pantalones bajados y encogido sobre el agujero, a pesar de que no tenía ninguna necesidad de ese orden; pero temía que alguien entrara de improviso, pues la puerta no tenía pestillo, y me sorprendiese llorando, lo que a mi modo de ver era una actitud bastante sospechosa. Al fin cesó esta manifestación interior (que no mi angustia) y volví a la barra, en donde hacía rato que me esperaba un vaso de cerveza. Comprendí que en adelante yo mismo debería preocuparme de ordenar mis comidas, lo que me pareció una responsabilidad excesiva. De todos modos y gracias a un cierto sentido de la disciplina, que había adquirido en los últimos años, pedí algo de comer para acompañar la cerveza, aunque con el nudo que tenía en la garganta se me hacía harto difícil tragar. Pero —pensé— no debía añadir a mis problemas ninguna complicación de orden físico, porque estaba tan sumamente solo que me parecía que un simple resfriado podría acabar conmigo en unas horas. Tampoco podía evitar el comprobar continuamente los bolsillos para cerciorarme de que el dinero continuaba allí. Y si por casualidad me descuidaba dejando pasar más tiempo del acostumbrado, me acometían unos sudores internos que interrumpían mi respiración, hasta que al fin la mano tocaba de nuevo los bolsillos, que regulaban todo mi sistema nervioso. Esta obsesión se acentuaba en el bar por el temor de que a la hora de pagar no encontrara el dinero. Habría dado un brazo si por él me hubieran ofrecido la seguridad de no perder el dinero de alguna forma extraña.

Cuando salí del bar, la angustia era casi insoportable. Ignoraba de qué manera podía establecer unas relaciones aceptables con mi nueva circunstancia. El sol había descendido ya notablemente y amenazaba con desaparecer en unas horas. Comencé a andar procurando aumentar la distancia que me separaba de vosotros. Continuamente tenía que orientarme, porque con tanto torcer a derecha y a izquierda habría sido fácil perder el norte y huir justamente hacia vosotros. El ritmo de mis pasos fue poco a poco acompasándose al ritmo de mi corazón y al ritmo de los movimientos de mi pecho, que eran más bien desordenados. Quiero decir que mi diafragma no podía controlar una especie de tempestad nerviosa, que afectaba a toda la parte superior de mi cuerpo, y era en realidad que estaba llorando sin lágrimas.

Entonces caminaba de un modo ridículo, como a pequeños saltos, y algunos transeúntes se paraban a ver el espectáculo. Evitando las divertidas miradas de mis congéneres alcancé otro bar y entré directamente en el servicio. Allí conseguí provocar las lágrimas mirándome con pena en el espejo, lo que me alivió considerablemente, pues no hay nada peor que un llanto en seco. Mientras lloraba de este modo, temí que iba a perder la tarde entrando en los servicios de todos los bares que encontrara, y esto me obligó a calmarme, porque me preocupaba la perspectiva de que la noche me sorprendiera todavía en la calle. Te diré que no tenía mucha confianza en el resultado final de todo aquello. Pensaba en la llegada de la noche y no acababa de verme en un sitio seguro, sino que imaginaba más bien que mi debilidad me impulsaría a hacer alguna locura. La responsabilidad que había aceptado sobre mi destino comenzaba a pesarme demasiado, y me atraía el vértigo de entregarme a los hombres que nos venían persiguiendo.

Cuando salí a la calle caminé aún un par de horas, y creo que llegué a los límites mismos de la ciudad, porque con frecuencia encontraba enormes descampados en los que había gran número de chabolas colocadas al abrigo de los desniveles. Tuve que rodear un descampado de estos, saltar un pequeño canal lleno de ranas y caminar todavía un buen trecho para encontrar de nuevo algo con aspecto de calle. La verdad es que me encontraba más protegido entre las casas que en el campo, porque en el campo se hace más evidente la inutilidad de caminar en una u otra dirección. En adelante, me dije, no abandonaría bajo ningún pretexto el casco urbano. En el barrio por el que caminaba ahora la mayoría de las casas eran más bien bajas, y las gentes tenían un tono de tristeza que en principio inspiraba confianza. Vestían pobremente; es decir, que ocultaban la miseria en la medida que les era posible, y no me miraban ni con rencor ni con sospecha, por lo que finalmente deduje que aquel barrio me convenía. Entré en un bar y pedí una cerveza con la vaga idea de entablar una conversación con alguien, pero tan sólo me atreví a mirar a mi alrededor de una manera sospechosa. Al fondo vi la puerta del servicio y por poco comienzo a llorar de nuevo. Pero volví la cabeza para evitar la tentación y entonces vi frente a mí un cartelito, casi oculto tras las botellas, que anunciaba el alquiler de una pequeña vivienda amueblada con derecho a cocina. Le pregunté al del mostrador que dónde estaba aquello y me dijo que a dos minutos de allí, mientras me hacía un plano sobre una servilleta.

Había anochecido cuando llegué a aquel lugar, y el miedo a que no se arreglara mi situación me proporcionó la dosis de insolencia que me era necesaria para enfrentarme a aquella vieja. No dejaba de mirarme como si tuviera ante sí a un criminal y se resistía a tratar conmigo. Finalmente saqué unos cuantos billetes del bolsillo, y desde ese momento se negó a escuchar más explicaciones, porque, aseguraba, yo no tenía aspecto de facineroso, como tantos y tantos que querían meterse allí para engañarla aprovechándose de que era una mujer. Me explicó que era la portera de la casa y que tenía una pequeña vivienda en el semisótano. Pero a ella no le hacía falta, pues prefería hacer la vida en el cuarto de la portería, que no tenía tanta humedad. Luego encendió una vela y descendimos a lo que la vieja había llamado semisótano, en donde rápidamente comprendí lo de la humedad. Cuando llegamos ante la puerta me entregó la vela para dedicar todos sus esfuerzos a girar la llave. Al fin se abrió la puerta y milagrosamente funcionó el interruptor de la luz iluminando el agujero, que tenía un cortísimo pasillo. A la derecha había una especie de galería angosta en donde estaba el retrete y un pequeño lavabo, y al fondo una habitación, desde donde te escribo, en la que una cama, una mesa y dos sillas mugrientas estaban

191

colocadas al azar, pero muy limpias, como machacaba la vieja a mis espaldas. Me quedaría allí, a pesar de la humedad, del frío y de la vieja inaguantable. Le di otro billete para que me proporcionara las sábanas y un par de mantas, y salió de allí haciendo reverencias. Yo me senté en la cama, y por entretener en algo mis negros pensamientos, estuve odiando a la vieja, hasta que regresó con los brazos ocupados. Hizo la cama sin parar un momento de hablar, y se movía con una agilidad sorprendente de un lado a otro al tiempo que intentaba obtener alguna información sobre mí. Yo le conté una historia que justificase mi extraña presencia, y ella no insistió mucho para que yo no me sintiera acorralado. Me acordé de mi madre y de su habilidad para atacar y retirarse, lo que inevitablemente me condujo a ti; entonces una pena infinita me lastimó en el pecho. Al fin la vieja acabó ordenando todo aquello, y yo le pregunté, por puro odio, que dónde estaba la cocina que se anunciaba en el cartel. Acusó el golpe, pero se recuperó en seguida explicándome que estaba en la portería, pues se trataba en realidad de un pequeño artefacto de petróleo, pues para sus necesidades era más que suficiente. Pero se ofreció a cocinar para mí, asegurando que no me cobraría mucho por eso. Hice un gesto de negativa ante la amenaza de que se metiera demasiado en mi vida y la despedí rogándole que, por favor, me prestara unas hojas de papel y un lápiz, ya que debía escribir algunas cartas. Volvió enseguida con mi pedido y me trajo también unos sobres, pidiéndome que aceptara aquello como un obsequio. Yo, entretanto, comenzaba a ver en el dinero ciertas propiedades mágicas que nunca había sospechado. Cuando me quedé solo otra vez deposité los billetes sobre la cama y estuve un buen rato mirándolos por si descubriera en ellos algo que hasta entonces se me hubiera escapado, y aunque no descubrí nada nuevo, decidí buscarles un lugar seguro, porque la experiencia con la vieja desmentía la inutilidad que yo les había atribuido. En un rincón del pasadizo, donde estaba el retrete, descubrí algunas cajas de puros que la pobreza había ido acumulando allí por si un día pudiera obtenerse algún beneficio de ellas. Encontré también un buen rollo de alambre tras la taza y lo cogí a pesar de que estaba mugriento y sucio por el óxido. Repartí el dinero en cuatro cajas y las aseguré una a una dándoles varias vueltas con el alambre. Después volví a la habitación y las distribuí inteligentemente por los lugares más ocultos. Luego me senté ante la mesa y comencé a escribir: «Querido padre: es posible que en el fondo tu problema, como el mío, no haya sido más que un problema de soledad». Ya conoces el resto; lo que tal vez no te he contado es que el frío me pareció excesivo, y al hacer un gesto para sentir los pies descubrí el primer agujero. En seguida comenzaron a asomarse sin mostrar ningún respeto por mi presencia. Eran grises, andaban pesadamente, y en ocasiones se peleaban dando unos gritos horribles. Yo, que me encontraba ya muy lejano de todo y que me daba risa pensar en la felicidad y cosas así, estuve un rato siguiendo sus andanzas y viendo en ellas una lejana posibilidad para volverme loco, por lo que en seguida lo dispuse todo para su captura. Y ahora, que pienso en las torturas a las que estarás sometido, ya veo cuán inútil es este infierno mío, porque la locura no se coge tan fácil como un racimo de uvas o un resfriado, sino que vive oculta, como el cáncer, y se desarrolla cuando ya ni la esperamos. Entretanto, uno continúa endureciéndose para no darse lástima, mientras escucha a la vieja que habla con dos hombres que preguntan por mí, y mientras las hembras cogen a sus pequeños entre las patas delanteras y se los van comiendo lentamente. Primero la cabeza, luego el resto de esa pequeña realidad lampiña, ciega, tan precaria como esta realidad algo más grande que soy yo, que en seguida voy a ser atrapado por las redes de quienes me persiguen.

Biografía

Juan José Millás nació en Valencia, en 1946, aunque desde la edad de seis años vive en Madrid, ciudad donde realizó estudios de Filosofía y Letras.

En 1975 publicó su primera novela, *Cerbero son las sombras*, una narración en forma de carta dirigida a la figura paterna, que había obtenido el año anterior el Premio Sésamo.

Dos años más tarde, en 1977, vería la luz *Visión del ahogado*, una crónica del último día en la vida de un suicida moral, que le proporcionó un reconocimiento unánime de la crítica.

En 1983, Millás indagaría en *El jardín vacío* las relaciones entre la realidad presente y la memoria del pasado. Ese mismo año realizó una incursión en el ámbito de los lectores juveniles con una narración de tinte policíaco: *Papel mojado*.

En 1984 expuso, en *Letra muerta*, la evolución de un joven, perteneciente a una singular organización, que le obliga a que ingrese en una orden religiosa y a que espere órdenes.

Con *El desorden de tu nombre*, una historia de amor y muerte, construida sobre el diseño de una relación triangular, Millás alcanzó su consagración como narrador y autor de éxito.

A principios de 1988, Juan José Millás obtuvo el Premio Nadal con *La soledad era esto*, historia de una mujer que, tras la muerte de su madre, inicia el aprendizaje de la soledad y de su posterior liberación, y con la que quedó finalista en el Premio Nacional de Literatura.

En 1990, publicó *Volver a casa*, una fábula sobre la suplantación de identidad entre dos hermanos gemelos. Y en 1992, el volumen de cuentos *Primavera de luto*.

Más tarde Millás publicó *Ella imagina*, que reúne 32 relatos cortos, encabezados por el monólogo del mismo título, que fue representado por la actriz Magui Mira, bajo la dirección de José Carlos Plaza, en diversos teatros de España y de Latinoamérica.

Asimismo, participó en un libro colectivo, *Cuentos de la isla del tesoro*, con el relato *Mecánica popular*, junto a otros prestigiosos autores. En 1995 publicó *Tonto, muerto, bastardo e invisible*, una metáfora literaria de la España actual, narrada con un humor en el límite del absurdo y con situaciones de fuerte implicación psicológica. En 1997 publicó *Trilogía de la soledad* y recientemente Alfaguara ha publicado *Tres novelas cortas*, que recoge sus obras *Cerbero son las sombras*, *Letra muerta* y *Papel mojado*.

Sus últimas novelas son *El orden alfabético* y *No mires debajo de la cama*. Juan José Millás alterna su dedicación literaria con numerosas colaboraciones en prensa.

**Otros títulos publicados en
Punto de Lectura**

Ventajas de ser incompetente...
El club de la Comedia

La pelota vasca, la piel contra la piedra
Julio Medem

La Ratesa
Günter Grass

El jardín vacío
Juan José Millás

Ensayo sobre la lucidez
José Saramago

El cochecito
Rafael Azcona

Buzón de tiempo
Mario Benedetti

El Paraíso en la otra esquina
Mario Vargas Llosa